JN042335

無敵の最強弁護士と
懐妊契約いたします

marmaladebunko

真彩-mahya-

marmalade Bunko
マーマレード文庫

目次

無敵の最強弁護士と懐妊契約いたします

無敵の最強弁護士と
懐妊契約いたします

一章　理想の遺伝子

私は彼と待ち合わせをしている駅前広場で、ロータリーの中央にある大きな時計を見上げる。

あの人、どうしたんだろう。そろそろ来てくれないと、予定している電車に乗れない。

待ち合わせ時刻と場所は、私が決めた。もしや、彼に伝え間違えた？

まさか、こちらに向かう途中で不慮のトラブルに見舞われたのでは。

バッグからスマホを取り出すも、彼から連絡があった形跡はない。よもや、自宅で倒れて動けなくなっている？

彼——滝川《たきがわ》潤一《じゅんいち》・三十一歳・ＩＴ系企業勤務——は、私——横尾《よこお》環奈《かんな》・二十七歳・広告代理店勤務——の婚約者だ。

婚活サイトで知り合った潤一と結婚することに決めたのはつい最近のことだ。

実際に会って何回かデートをした。優しいし、趣味も合いそうだし、生活が安定していそうなので結婚を決めた。見た目も絶世の美男というわけではないけど、気を使って小綺麗にしている。

今日は潤一を私の家族に紹介する予定だ。電車に乗って実家に向かうはずだった。実家では、私の結婚を楽しみにしている両親と、八十歳の祖母が用意をして待っている。

しかし肝心の潤一が、待ち合わせ場所に現れない。

私はスマホの画面をタップし、彼に電話をかけた。しかし、聞こえてきたのは彼の声ではなく、機械的なアナウンスだった。

『この電話は、お繋ぎできません』

……ん？　『ただいま電話に出ることができません』じゃなくて？

電波状態が悪かったり、相手の電源が入っていない状況なら、それが音声で流れるはず。

だが、聞こえてくるのは、私の電話を拒否するかのようなメッセージ。

「なんでよ！」

スマホを耳から離し、画面に向かって叫んでしまった。そこに相手の顔が映っているわけでもないのに。

通り過ぎる人たちが、こちらを不審げにチラチラと見ていく。

いけないいけない。取り乱しちゃダメよ。落ち着いて。

深呼吸をし、もう一度スマホを見る。

メッセージアプリでメッセージを送ろう。なんならアプリ経由で電話もできる。そちらを使ってみよう。

祈りを込め、メッセージアプリを開いた。だが一番上にあったはずの彼のアイコンが、ただの人型になっていた。

震えだした指でトークの履歴を開くと、一番下に「潤一が退出しました」と、味もそっけもないメッセージが表示されていた。

退出したってことは、このアプリのアカウントが消えたってことだ。

どうして消す理由があるの？

心臓が内側から肋骨を叩いているみたい。不穏なリズムが思考をかき乱す。

落ち着いて、もう一度状況を整理しよう。

突然婚約者との連絡が取れなくなった。電話は呼び出し音が続くわけでもなく、電波が悪い状態でも電源が切れているわけでもない。

昨日まで今日の打ち合わせをしたアプリのアカウントが、なんの前触れもなく消えている。

そして、潤一はここに現れない。現れる気配もない。

まさか、待ち合わせ直前にスマホが壊れて契約し直しているわけでもないだろう。それなら、まずここに来て事情を話すことができるはずだ。

いくら考えても、自分の置かれている状況が理解できない。とにかく、両親に連絡をしよう。

汗ばんだ手のひらでスマホを持ち直し、母に電話をかけると、すぐに繋がった。

「もしもし、お母さん？　ごめんね。今日行けなくなっちゃった」

『あらあ、どうしたの？　あんたが婚約者を連れてくるって言ったから、おばあちゃんお寿司を注文しちゃったのよ。ビールも』

私と潤一の到着を今か今かと待っている祖母の姿を想像すると、胸が軋んだ。

祖母は数年前に祖父を亡くし、それからすっかり弱ってしまった。ご飯を少ししか食べられなくなり、足元がおぼつかなくなった。

『環奈の結婚式を見たい。早くひ孫を抱きたい』

それが祖母の口癖となっていると、母から聞いた。だから私は、婚活して結婚し、祖母を安心させたかった。

妹がふたりいるが、下の妹は大学生で、地方で一人暮らしをしている。上の妹は社会人になりたてで、こっちも一人暮らし。ふたりとも自分のことで手いっぱいだ。

早いうちにひ孫を見せてあげるには、私が一番適任なのだ。

「ごめん……相手が急に仕事入っちゃって。申しわけないって言ってた」

『そう。お仕事なら仕方ないわね。お寿司はこっちでおいしくいただくわ。で、次の休みはどう？　いつ来られそう？』

私は咄嗟に答えられなかった。

潤一がどうしてここに現れないのか、それすらわからないのに、次の予定なんて立てようがない。頭の中が真っ白だ。

混乱した心はまだ、その状況を受け入れられない。

「まだ……わからないから、決まったら連絡するね」

電話を切ろうとした、そのとき。母の声の向こうから、誰かが話す声が聞こえてきた。祖母が「環奈かい？　どうした？」と言っている。

『ちょっと待って。おばあちゃんが……。おばあちゃん、環奈の彼氏ね、お仕事で来られなくなっちゃったって。残念だけど、また今度に……ああ！』

母の悲鳴で耳がキーンとなった。いったいなにがあったんだろう。

『おばあちゃん、おばあちゃん！　お父さーん！　来てー！』

「ねえ、どうしたのお母さん」

『おばあちゃん、フラッとして転んじゃったの。一回切るね。また連絡する』

母は私の返事を待たず、電話を切ってしまった。

ツーツーと虚しい音を発するスマホを、呆然と見つめる。

もしやおばあちゃん、がっかりして気が抜けちゃったのかな。だから転んで……。

若者が転ぶのと、高齢者が転ぶのでは意味合いがまったく違ってくる。もし悪いところの骨を折って、寝たきりになったりしたら……。

力が抜け、スマホを持っていた腕がだらりと下りた。


その後、どうやってマンションまで帰ったか覚えていない。

着替えもせず、なにも食べず、暗くなって電気を点ける気力もなかった。

ぼんやりしていると、テーブルの上に置いておいたスマホが鳴った。私は覚醒し、すぐにそれを手に取る。

連絡をしてきたのは潤一ではなく、母だった。潤一からは、あれからなんの連絡もない。

『おばあちゃん、骨折はしたけど、入院はしてないよ。手術をするような状態じゃないと、入院はさせてもらえないみたい』

祖母は転倒して立てなくなり、父の車で病院へ行った。診断の結果は、腰骨の圧迫骨折。

めまいもするし、食欲もないし、入院させてくれ。

祖母はそう訴えたらしいけど、病院はそれはできないと拒否した。

それはそうだ。そのような患者まで入院させていたら、病床はあっという間に足りなくなる。

結局自宅に戻った祖母は、コルセットを装着し、安静にしているという。

『ちょっとショックだったのかもねえ。おばあちゃん、本当に楽しみにしてたから』

「ごめんなさい……」

責任を感じ、落ち込む。

自分が潤一にされたことよりも、祖母を悲しませたことの方が、胸にずっしりとくる。

『仕事だもん、あなたたちは悪くないわよ。こっちは大丈夫だから、そっちも体に気をつけて。また連絡してね』

母は私を責めず、電話を切った。

「どうしてなの。なんなのよ、いったい」

もう一度潤一に電話をかけてみるも、昼間と同じアナウンスが流れるだけだった。

私は絨毯の上に、役立たずなスマホを放り投げた。

別に、潤一が好きで好きでたまらなくて、結婚を決めたわけじゃない。

ちゃんとした仕事をしていて、優しくて、普通の家庭を築けそうな人と、普通の暮らしをしたかった。子供に恵まれればさらによかった。

自分が三人姉妹で騒がしくも楽しく育ったので、子供は最低三人欲しいなと思っていた。

それをうっかり話したのが間違いだったか。重かったのかな。

でも、それって大事なことでしょ。お互いの希望が合わなければ、そこで綺麗にお別れしないと、あとあとお互いに不幸なことになる。

恋愛はしていなかったけど、私は真剣に、彼との結婚を考えていたのに。

悲しみよりも怒りや虚しさに襲われ、押し潰されそうになる。とても眠れそうにはないけど、このまま起きていてもいいことはない。

着の身着のまま、ベッドに潜り込んだ。

このまま朝が来なければいいと思った。

月曜。私は重い体を引きずり、なんとか出社した。

潤一と連絡が取れなくなったのが土曜。翌日も納豆ご飯だけを食べ、寝て過ごした。

彼からの連絡は、相変わらずない。

私が勤めるのは、総合広告代理店。世間では大手企業として認知されている。

クリエイティブ部門にいる私は、ペンタブ用のデジタルペンを持って、固まっていた。

「ねえ、さっきから一時間は固まってるけど、大丈夫？」

「えっ！」

急に肩を叩かれ、ペンをころりとタブレットの上に落としてしまった。

目の前のディスプレイには、絵コンテの枠線だけが表示されている。

「寝てるわけでもないのに固まってるから、怖いんだけど」

肩を叩いた相手は、同じ部署に勤める五歳上の佐倉《さくら》先輩。三十二歳、産休を経て育児をしつつ仕事もバリバリこなす、憧れの先輩だ。

「ごめんなさい。アイディアが浮かばなくて」

広告をデザインするのが、私の仕事。壁面広告から新聞広告、インターネット広告にテレビＣＭまで多岐にわたる。

今はテレビＣＭの絵コンテを描こうとしていたところだ。が、佐倉先輩の言う通り、ひとつも進んでいなかった。

「環奈が行き詰まるなんて珍しいね。顔色も悪いし……。そういえば、土曜は彼をご両親に会わせたんでしょう。どうだったの？」

いたわるような先輩の目線が優しくて、泣きそうになった。

「実は……」

私は先輩を休憩室に誘い、土曜にあったことを話した。周りには誰もいない。

「は？　それって、詐欺なんじゃないの？」

ウエーブがかかった横髪が、先輩の頬にかかる。

「詐欺……」

「いざ両親に会わせようとしたところで、いきなり連絡が取れなくなったんでしょ。それまでは、誠実なふりをしておいて。絶対詐欺じゃない」

「詐欺！　やっぱり！」

昨日からその二文字が頭の中にまったく浮かばないわけじゃなかった。だけど、考えたくなかった。認めたくなかった。

「もしかして、お金貸してない？」

「貸してるっていうか……預けました」

『結婚式も、新婚旅行も、新居を借りる費用も、親には頼らず、自分たちでやろう』

と言った彼に、私は賛成した。なんてしっかりした優しい人なんだと思った。

自分も働いているし、すべての費用を彼に出させるわけにはいかない。

私は私の意志で、二百五十万円を彼に預けた。

正規雇用で働いているとはいえ、一人暮らしで諸々費用もかかる。

だから贅沢をしないように心がけ、質素に暮らして貯めたお金のほとんどを、預けてしまったのだ。

結婚しても働く予定だった――デザインの仕事は在宅でもできることが多い――し、なんといっても結婚するのだ。彼の収入もあるので、貯金が少なくなってもなんとかなると思っていた。

「バカねえ。どうして預けたのよ」

「だって、使っちゃうといけないから、結婚費用専用の口座を作って貯めておこうって、彼が……」

「そんなの、詐欺師の常套手段じゃない。だから環奈みたいな純朴娘は、婚活サイトなんてやめておけって言ったのよ」

たしかに佐倉先輩は、インターネットで婚活をすると言ったときに、渋い顔をして反対していたっけ。

手軽だというメリットの半面、こういう危険なデメリットがあることは、重々承知していたつもりだ。

でもまさか、本当に被害に遭うとは。どこかで、私がそんな被害に遭うわけない、騙されそうになったらさすがにわかるでしょ、と思っていた。

「う……」

騙されたと自覚した途端、今まで出なかった涙が込み上げてきた。

悔しい。恥ずかしい。憎らしい。

「やられちゃったことは仕方ないわ。でも、このまま泣き寝入りしちゃダメよ」

佐倉先輩が、私にハンカチを差し出してくれた。私はそれを顔に強く押し付ける。

「まず警察に相談しなさい。それで相手にしてもらえなかったら、弁護士に依頼するのよ」

「弁護士なんて、知り合いにいません」

目元を拭ったハンカチを見ると、マスカラとファンデーションがべっとりとついていた。先輩はそんなの気にせず、私をにらむように見つめる。

「それなら、私が紹介してあげる。ちょっと変わったやつだけど、高校のときの同級生に弁護士がいるから。今まで無敗の、最強弁護士だよ。その代わり、通常の弁護士報酬より高くつくけど」

「ええっ、そうなんですか？」

先輩の知り合いに弁護士がいるというのを初めて聞いた。しかも無敗の最強弁護士。

「うちの会社の顧問もやっているの。たしか民事訴訟も受けてくれるはずだから。その気になったらいつでも言って」

先輩は私の手を強く握った。女性の敵は許さないという強い思いを感じる。

私は退勤後、すぐに警察署に駆け込んだ。

しかし、話を聞いた警察官は「男女間のもつれはねえ……刑事事件にするの、すごく難しいんだよね。そもそも、本当に彼には結婚の意思があったのかな。あなたの思い込みってことはない？」と苦笑いのような表情を浮かべた。

「そんなことないです。結婚するために、一緒の口座でお金を管理しようって言われて」

「その会話の記録は？　口座番号とかわかります？」

私は口を噤んだ。

当時は彼を信用しきっていたから、会話自体の記録なんてない。口座番号は送金の記録を見ればわかるだろうけど、それもすぐに解約された可能性が高い。

「自宅に帰れば証拠があると思います」

「そうですか。じゃあ、今日はこれで」

警官は眠そうな顔で、話を打ち切った。もう来るなと言いたげに見えたのは、私の被害妄想だろうか。

次は、婚活サイトの運営会社だ。これが困った。まず会社の電話番号がどこにも載っていない。

問い合わせメールをしてみても、返信がくる可能性は限りなく低いと思われた。

よくよく会員規約を読み返すと、「会員様間でのトラブルには、こちらは一切責任を負いません」と書いてあった。やっぱりと言うほかない。

八方塞がり。私はひとり、小さな部屋で泣いた。自分でできることの限界を感じ、昼間の佐倉先輩との会話を思い出す。

次の日、先輩にお願いして、弁護士を紹介してもらうことにした。

佐倉先輩から受け取った名刺には、【高須《たかす》法律事務所　弁護士　高須亮平《りょうへい》】と書かれていた。

三日後、仕事帰りに高須法律事務所に寄ることになった。佐倉先輩から連絡してもらい、特別に会ってもらえるとのこと。

どうやら高須弁護士は大忙しなエリート弁護士らしく、個人の案件は初回の相談まで何か月もかかることもあるという。

高須法律事務所は、とあるビルの中にあった。エレベーターに乗り、五階のボタンを押す。

ドキドキと胸が高鳴る。といっても期待ではなく、不安の方のドキドキだ。

法律事務所って、どんな雰囲気なんだろう。やっぱり厳格なところなのかな。菓子折りとか持ってきた方がよかったかな。

エレベーターを降りると、明朝体で書かれたシルバーのプレートが掲げられたドアを発見した。

インターホンを押し、名前を告げると、すぐに扉が開いた。

「どうぞ、お入りください」

事務員さんと思われる若い女性が出迎えてくれた。長い髪をハーフアップにしている。

案内された応接室は、ごく普通だった。会議もできそうな大きめのテーブルとイスだけが置いてある。イスに座って少し待っていると、コンコンとノックされて、ドアが開いた。

「お待たせしました」

現れた男性を見て、思わず息を呑んだ。

長い前髪を、おでこが見えるようにすっきりとセットしている彼は、とんでもない美男だった。

涼やかな目元を飾る眼鏡が、高い鼻の上に乗っている。上質なスーツに包まれた体は、無駄な肉がどこにもなさそうに見えた。

佐倉先輩と同級生のエリート弁護士というから、どんな人かと思いきや。まるで弁護士ドラマの俳優さんみたい。

でっぷりした熊みたいなおじさんをイメージしていた私は、彼の見た目レベルの高さだけで緊張してしまった。

「初めまして、横尾環奈です」

立ち上がってお辞儀をすると、彼は「弁護士の高須です。どうぞおかけください」

と言った。愛想笑いはなく、淡々としている印象を受けた。

「佐倉の紹介でしたね。このたびは、詐欺に遭われたとか」

余計な挨拶を抜きに、突然本題に入る高須弁護士。大忙しだというのは本当らしい。

「はい。実は──」

私は彼に、潤一と婚活サイトで出会ってから半年ほど付き合い、結婚を決め、両親に紹介する段になって連絡が取れなくなったことをかいつまんで説明した。

高須弁護士は、私の話を真面目に、というか無表情で聞いていた。事務的な態度だ。一緒に泣いたり怒ったりしてくれるとは思ってなかったけどさ。もう少し愛想を出してくれてもいいんじゃないかな。

「で、あなたはその二百五十万円の返還を求めるということでいいですか？」

話をし終えた私に、彼は早口でそう聞いた。

「そうです。あと、できれば本人に謝ってほしいです。どうしてこんなことをしたのか、聞きたいです」

私のことはまだしも、おばあちゃんを傷つけたことは許せない。ただでさえ、おじいちゃんを亡くしてから元気がなかったのに。

「謝罪を求めるお気持ちは理解できますが、被告を原告に直接会わせて話をすることは難しいと思います」

「そうなんですか。でもテレビではよく、やってるじゃないですか」

「私はテレビをあまり見ないのですが、おそらくそれは番組を面白くするための演出でしょう。現実ではほぼありえません」

眼鏡の奥の目には、温かみを感じられない。

この人、もしかしてサイボーグかなにかなのでは。弁護士ってこういう事務的な人ばかりとか？　そんなことないか。

「もう三十分か」

高須弁護士が腕時計をちらっと見た。つられてそちらに目を遣ると、高級ブランドの時計だった。

「これで初回の無料相談時間は終わりです。これ以上は料金が発生しますが、いかがしましょう」

「えっ」

たった三十分。早くない？

言葉を失った私を、高須弁護士は少し呆れたように見下ろした。初めて彼が見せた感情が、これか。

「まあ、佐倉の紹介ということで、この後も今回は無料ということにしましょう」

「ええと……」

「話を続けます。はっきり言って、この訴訟はおやめになった方がいい」

バッサリと言い切られて、私は目を丸くした。

やめろって、どうして？

「勝訴して被害額を返還されたとして、割に合いませんよ」

「どういうことですか」

「この訴訟を最後まで取り扱うとして、その費用は被害額ととんとんというところでしょう」

私は絶句した。そんなにかかるのか。

佐倉先輩が「今まで無敗の、最強弁護士だよ。その代わり、通常の弁護士報酬より高くつくけど」と言っていたのを思い出した。

「詳しい見積もりをお出ししましょうか？」

私の表情から思ったことを読み取ったのだろうか。高須弁護士はそう言った。

潤一に持ち逃げされたせいで、私の貯金は残り少ない。最低限の生活を営むことはできるが、裁判費用を払う余裕はない。

ここまで来たのに、結局泣き寝入りしかないの？

脳裏におばあちゃんの顔が浮かんだ。

悔しくて、涙が滲む。そんな私を、高須弁護士はじっと観察するように見つめていた。

「お気の毒だとは思いますが、こういう婚活サイトを利用した結婚詐欺というのはよくあるもので――」

「わかっています。それでも、どうしても早く結婚したかったんです。おばあちゃんを、喜ばせたかったんです」

ぽろぽろと流れる涙を、指で拭う。拭いきれなかった雫が、顎から床に落ちた。

「おばあさんを？」

「はい。おばあちゃん、おじいちゃんを亡くして寂しがっていて。早く孫の結婚式が見たい、ひ孫が見たいって、そればっかり……」

高須弁護士からの返事はなかった。呆れているのかもしれない。時間がないのにこんな話をしている私を、迷惑がっているだろう。

「――取られた金額の返還だけではなく、慰謝料を要求するという手もありますが」

涙を拭いながら、顔を上げた。高須弁護士の表情は変わっていない。

慰謝料。それが取れれば、少しはプラスになるだろうか。

もちろん、お金ですべてを許せるわけじゃない。でも、このままにはしておけない。

私を騙したことでおばあちゃんを傷つけた償いは、きっちりしてもらわないと気が済まない。

「ちなみにあなたにご兄弟は？」

「え？　あ、妹がふたりいます」

「お母さんにご兄弟は？　いとこはいますか」

いきなり家族構成を聞かれて戸惑うも、素直に教えた。

うちは女系と言われる家系で、女の子が生まれることが多い。お母さんも姉妹しかおらず、いとこも女の子が多い。

おばあちゃんは父方の祖母だけど、お父さんが一人っ子だったため、孫三姉妹を大変かわいがってくれている。

「先生、もう予定の時間を過ぎていますが」

事務員さんがひょっこり顔を出した。明らかにむっつりしている。

高須弁護士は、彼女に右手を上げて応えた。

「大丈夫。次の予定はないでしょう？　終わったらこちらから声をかけるから、誰も入ってこないように。みんなには先に帰るように言っておいてください」

「はい。失礼します」

うなずいた事務員さんは、一礼して部屋を出ていった。自分の退勤時間を心配していたのかも。

「すみません。出直します」

私はイスから腰を浮かせた。が、肩に手を添えられ、座り直させられる。

「大丈夫と言ったでしょう。そして、私からひとつ提案があるのです。聞いていただけますか」

提案？　なんだろう。法テラスでもすすめられるのかな？

こくんとうなずくと彼も座り直し、私を見据えた。

「私と結婚していただけませんか」

けっ、こん……？

言葉の意味はわかるけど、なぜ今このタイミングで初対面の人にプロポーズされているのか。

状況が呑み込めなくて、声が出せない。驚きで涙が引っ込んだ。

「契約結婚という言葉をご存じですか？」

「ドラマで見たような気がします」

愛し合っていない男女が、お互いの利益のために結婚するのよね。

「私は、結婚相手が欲しい。そしてどうしても女児が欲しいのです」

「女の子が？」

話が変な方向に行っている。けど、一応彼が結婚したいという理由を聞いておこう。

家の跡取りとして息子が欲しいって話はよく聞くけど、どうしてあえて女児なのか。

もしやロリコン？

「私には腹違いの兄弟が十六人います」

「じゅうっ……え？　ええっ？」

聞き違いかと思ったけど、高須弁護士はこくりとうなずいた。

「お恥ずかしい話ですが、父はとても女性が好きでして」

「はあ」

「生まれた子供は全員認知し、平等に養育費を与え、妻たちにも平等に生活費を渡していました。今までは」

今までは。ということは、これからその均衡が崩れようとしているのだろうか。

「父は男系家系に育ち、母、つまり私の祖母以外は女性と縁がなかった。だから孫は絶対に女の子が欲しいと言っています」

女の子が欲しくて複数人愛人を作って頑張ったけど、生まれたのは十六人の男の子。

それって何気にすごくない？

それだけいたら、ひとりくらい女の子が生まれてもよさそうなものだけど。お父さんの男系遺伝子、どれだけすごいのか。

「そしてとうとう、初めに女児の孫を授かった息子に自分のあとを継がせると言ってきたのです」

私はあんぐりと口を開けた。そんなことってある？

「ちなみに父は日本四大弁護士事務所のひとつの代表です。他の兄弟はみんな弁護士や司法修習生で……いや、これは関係ありませんでした。失敬」

「はあ……そうですか……」

お金持ちの考えることはわからないや。

高須弁護士の乏しい表情じゃ、冗談で言っているのか、それとも本気なのか、それもよくわからない。

「というわけで、私は正直、父の財産というよりも、もっと大きな権力を手に入れたい。父の事務所を私のものにしたい」

高須弁護士は気持ちがいいくらい、きっぱりと言い放った。

「というわけで、私と結婚して女児を生んでくれる人を探していたのです」

眼鏡の奥からじっと見つめられ、ドキッとした。

「私の女系遺伝子を求めているってことですね？」

「そうです。あなたは私が今まで会った誰よりも、強い女系遺伝子を持っているように感じます。そしてあなたも結婚したがっている。子供も欲しい。悪い話ではないように思いますが」

彼の言葉に、だんだんと熱がこもってきた。誰かの弁護をするときも、こうして熱く語るのだろうか。

しかし、遺伝子の濃さをどこから感じ取れるんだろう。高須弁護士が今まで会った誰よりも親戚に女性が多いってことなのかな。

「もちろん、うまくいかなければきっぱり綺麗にお別れしましょう。女児を生んでくれさえすれば、あとは自由にしていいのです。恋愛も、離婚も、あなたの思いのまま。決して悪いようにはしません。男児が生まれても、責任をもって養育します。このたびの訴訟費用も全額肩代わりしましょう」

「いやいや、ちょっと待ってください」

たしかに、条件だけ見れば悪くはないような気がしてくる。が、冷静になろう、冷静に。

この人は私を愛しているのではない。私の女系遺伝子と、自分と血が繋がった女児を欲しているだけなのだ。

それでは私も、生まれてくる女児も、彼の道具にされるだけではないか。それって、人としてどうなの？

最初から冷たい印象だったけど、今確信した。この人、ちょっと変だ。佐倉先輩の言う通りだった。

「なにを迷うのです。婚活サイトで適当に相手を探すのと、どう違うのですか」

「適当にって……私は真剣に、相手の条件や趣味や、性格を重視してですね」

「その結果が詐欺じゃないですか。それなら私と結婚した方が、よほど合理的ではありませんか。なんなら契約書を作りますが」

高須弁護士の言葉が、胸に突き刺さった。

人を見る目がなくて悪かったわね。

「どうせそのようなサイトでも、結婚相談所でも、要は自力で結婚できなかったワケあり男性が集まるだけです」

それを言っちゃおしまいだ。偏見だと思う。仕事を一生懸命しているうちに時期を逃してしまったとか、そんな人だっているでしょ。

「弁護士さんだって、自力で結婚できていないじゃないですか」

あなたが言いますか状態だよ。自分のことを棚に上げてさ。自分だって、三十二歳で結婚できてないじゃない。

私の反撃が思わぬものだったのだろう。饒舌だった高須弁護士が一瞬黙った。眉がぴくぴく不快そうに動いている。

「私は違います。理想の遺伝子を追い求めていたんだ」

「ふうん」

「なんですかその疑惑に満ちた目は」

見た目もいい、仕事は弁護士、この若さで個人事務所を構えて独立している。完璧に見えるのにいまだに結婚していないのは、どこかに欠陥があるからとしか思えない。きっと性格が悪いんだな。

この人とたとえ偽装であっても結婚して家庭を築くとなると、ものすごく苦労しそうだ。お父さんも変な人っぽいし。

なにより今会ったばかりの人にプロポーズされて、はいそうですかと承諾できるわけがない。

結婚や出産には、条件だけでなく少しは愛情だって欲しい。って、潤一とも恋愛はしてなかったっけ。詐欺に遭って、考えが変わりつつあるかも。

「誤解しないでいただきたいが、クライアントにこのような個人的なお願いをしたのはあなたが初めてです」

「そうですか」

「おばあさまのために結婚を考えたあなたなら、わかっていただけると思います。先ほどのような理由もありますが、私は母に、一番の称号を与えたいのです」

高須弁護士が纏う雰囲気が、突然切羽詰まったものに変わった。

「私は五番目の子供です。先に生まれた本妻や他の愛人の子も、今必死に婚活や妊活をしています」

十六人の男が、より強力な女系遺伝子を求めているのか。

三十二歳の高須弁護士が五番目だとすると、すでに結婚している兄弟もいるだろう。

「母は本当に父を愛しています。が、父はみんなのところを平等に回る。それでは母は満足できない。嫉妬に狂いそうになる心を押し込めて、毎日を暮らしているのです」

まるで、昔の大奥や後宮だ。

将軍や皇帝は、ひとりだけを寵愛することは許されない。平等に妻を愛し、不満が出ないようにしなくてはならない。

「私が一番に女児をもうけ、父に認められたら、母の心も満たされることでしょう」

女の子の孫を切望しているお父さんは、女児が生まれた家に足しげく通うことだろう。行事などで行き合えば、当然お母さんとの接触も多くなるということか。

そうか。自分本位な変な人と思ったけど、お母さんのことも考えていたのか。

いくら子供を認知してもらって、生活費をくれたとしても、大好きな人がたくさんの女の人のところを渡り歩いているのは切ないだろう。知っていても、なにも言う権利がないんだもの。

「事情はわかりました。けど、今ここでお返事はできません。申しわけありませんが、一度帰らせていただきます」

ひとりでゆっくり整理しないと。このままじゃ、高須弁護士に言いくるめられてしまいそう。

私はバッグを持ち、イスから立ち上がった。

「必ず連絡をください。承諾でも、そうでなくても」

高須弁護士はムリに引き留めることはしなかった。胸の名刺入れから名刺を取り出し、裏になにかをメモして差し出す。

受け取って見ると、それはプライベート用と思われるスマホの電話番号だった。

優雅に立ち上がった高須弁護士は、私を見下ろした。

「約束します。私にすべてを任せ、提示した条件を呑んでくださるなら。絶対にあなたの雪辱を果たしてみせましょう」

そう言った彼は、今日初めて口角を上げ、笑ってみせた。自信に満ちた、眩しい笑顔だった。

二章　契約締結

とりあえず返事を保留して逃げるように帰ってきた私は、すっかりあきらめモードに入っていた。

潤一のことを考えるとはらわたが煮えくり返る思いだけど、訴訟にそんなにお金がかかるとは思わなかった。

相談だけなら法テラスに行くという手もあるけど、結局弁護士に依頼をすると最低でも何十万コースだろう。今の貯金では厳しい。

たとえ勝訴して、潤一が素直に返金要求に応じたとしても、それまでどうやって暮らせばいいのか。

働いていればなんとかなると思うけど、もし病気をしたりして、突然働けなくなったら？

そう考えると不安になり、訴訟ではなく保険の方を考え始めてしまった。

「環奈、昨日はどうなった？」

ほぼあきらめに傾いたら、気持ちが少し楽になった。落ち着いたと言うべきか。

デジタルペンで絵コンテを描いていた私に、佐倉先輩が後ろから声をかけた。

「あ、先輩ありがとうございました。ええと……結果、訴訟はあきらめることになりそうです。費用が高くて、お金を返してもらっても、プラマイゼロになりそうで」

得をしたいわけじゃない。勝訴までの道のりがしんどいのだ。

そして、勝訴するとは限らない。できなかったら負債を背負うことになる。

「高須弁護士さんは、絶対に勝つって言ってくれたんですけど」

やたら自信ありげな顔が思い浮かんだ。昨日見た中では一番魅力的な、だけど悪魔のような笑顔だった。

「そうよ。あいつは負け知らずのエリート弁護士だからね。普段は企業のクライアントが多いみたいだけど」

そういえば紹介してくれたときにそう言っていたっけ。

「あんなに魅力的なのに、結婚してないんですね」

同級生の悪口を言われたらいい気はしないだろう。慎重に言葉を選ぶ。

「まあ、ちょっと変わっているからね。昔からモテてはいたんだけど。ちょっと人間不信なのかな」

佐倉先輩は宙を見上げて言った。

人間不信。だとしたら、彼の生まれが関係しているのかな。

いくら何不自由ない暮らしをしていたとしても、彼のお父さんはあちこちの家を渡り歩く根無し草のような人だ。

ただのひとり親家庭とも違い、お金だけ渡されてお母さんとふたりで暮らす彼は、自分の特殊な状況を、小さい頃からどう思っていたんだろう。

「私から費用をまけろって言ってやろうか？」

「いえ、いいです。そんなの他のクライアントさんにも悪いし。今回のことは高い勉強料として割り切ります」

「泣き寝入り？　それでいいの？　お金の問題じゃなくて、矜持の問題じゃないの？」

佐倉先輩の眉が吊り上がる。

きっと、私のために怒ってくれているのだろう。

「お金がないと、矜持も守れないんです。仕方ないですよ。さ、仕事仕事。また頑張って貯金しなくちゃ」

私はむりやりに話題を切り上げてしまった。佐倉先輩は腕を組んでしばらく横に立っていたけど、やがてため息をついた。

「ま、環奈が決めることだしね。とにかく断るなら断るで、ちゃんと連絡を入れなさいよ」

一瞬どきりとした。

高須弁護士にもらった名刺の裏に書かれた電話番号を思い出す。

「はい。わかってます。しっかり気持ちが固まってから、連絡します」

佐倉先輩はうなずき、自分の席に戻っていった。

私は大きく息を吐き、ペンを持つ手に意識を集中させた。仕事はこれだけではない。他のデザインも控えているのだ。

しかし、結婚詐欺のショックは自分で思っているよりもダメージが大きかったらしい。

手は動かすものの、「これでいいのか？」という自信のないものしか描けなかった。

「先にこっちができちゃったよ……」

締め切りはまだ先の、あとから受け持った仕事を先に仕上げてしまった。

風邪薬のＣＭで、一人暮らしのＯＬが自室で倒れているところに薬を持った天使が現れるという設定で絵コンテを描いた。

一人暮らしで、誰も頼れる人がいないという孤独感がよく出せたと思う。むしろリアルすぎるくらいかな。

一方、テレビＣＭのクライアントは大手住宅メーカーで、家族で楽しく幸せな暮らしを営む場面を描かなくてはならない。こっちがどうにも進まなくて困る。

今の仕事は、小さい頃から絵を描くことが好きだった私が、美大に行ってまで就いた憧れの職業だ。

もちろん仕事なので、クライアントの意向に合わせなければならないとか、禁止事項や制約がたくさんあったりして苦労もある。が、基本的にはいつも楽しく仕事をしていた。

「スランプかなあ……困った」

昼過ぎまで粘ってみたけど、それ以上はムリそうなので、二時にやっと休憩を取ることにした。

ほとんど人がいない食堂で菓子パンをかじりながらスマホを見ていると、一通のメッセージが届いた。高校時代の友人からだ。

「久しぶりだな。なになに……」

社会人になってからお互いに忙しく、年に一度集まればラッキー、くらいになってしまった高校の同級生たち。

みんなもう二十七歳なので、結婚して子供がいる子もいる。そういう子の話題はどうしても家族中心で、こちらは仕事中心。話が合わないので、余計に疎遠になってしまった。寂しいものだ。

画面をタップすると、『今度の麻美《あさみ》の結婚式、なに着てく？　美容院予約した？』というメッセージが表示された。

「げっ、忘れてた」

次の日曜に、友達の結婚式があるんだった。

もうお呼ばれされるのも何度目かになるので、服の心配はない。あるものを着ていくだけだ。毎回同じと思われても仕方ない。

それよりも問題なのは、私のメンタル面だ。

「うーわー……」

ついこの間までは、みんなに会えることも友達の花嫁姿も楽しみで仕方なかったのに。今はただただつらい。

とっくに出席の返事を出しているのでドタキャンする気はないけれども、私のメンタルはもつのだろうか。

私は震える手で『いつもの。杏子《きょうこ》の結婚式の写真見て。それだから』と返事をした。

相手は仕事中だろうか。既読マークはつかない。

もちろん、美容院の予約も失念していた。

動画サイトで適当にさまになりそうな髪型を探して真似るしかないか。どうせ花嫁以外、誰も見てないからいいや。

「仕方ない。幸せをおすそ分けしてもらうか！」

うだうだ言っていても新郎新婦に失礼なだけで、いいことはない。

気分を切り替え、帰ってから結婚式用の服やバッグ、靴をクローゼットの奥から引っ張りだした。

日曜日。

「本当に同じ服！　仮にも美大卒なのに！」

式場の前で待ち合わせた友達に、いきなり指をさされて笑われた。

みんなはレンタル衣装なのだろうか。寝不足でもメイクと髪型とネイルをセルフで頑張ったんだから、褒めてほしい。

「美大卒イコール〝個性的なオシャレ人間〟みたいなイメージやめてよね」

たしかに大学は個性的な子が多かったけれど、そういう人ばかりじゃない。どんな学部だって、いろんな人がいて当たり前だ。

集まった友達五人で受付を済ませ、まずはチャペルへ向かう。

「そういえば、チビちゃん元気？」

「元気すぎてつらいわ。もう三歳だよ」

話題は友達の子供のことが中心だ。

出産後の里帰りをしているときにお祝いを渡しに行ったっけ。

生まれたての赤ちゃんはかわいいけれど小さくて頼りない、エイリアンみたいな生き物だった。

もう三歳になったのか。よその子の成長は早いわ。

まるでおばさんのような気持ちで式場の廊下をボーッと歩いていると、すれ違った人と肩がぶつかってしまった。

「あ、ごめんなさ……」

謝ろうとして顔を上げ、息を呑んだ。なんと、私がぶつかったのは高須弁護士だったのだ。

ええい、ずっと高須弁護士と呼ぶのも堅苦しい。高須さんと言ってしまおう。

高須さんも眼鏡の奥の目を丸くした。

「あなたは、結婚詐欺の」

「ちょっと！」

しーっと人差し指を唇の前に立てると、高須さんは口を閉じた。

「なになに、環奈の知り合い？　紹介しなさいよ」

友達がわらわらと寄ってきた。未婚の友達は特に興味津々そうだ。

「紹介って……」

結婚詐欺の訴訟の相談に乗ってくれた弁護士さんよ、なんて祝いの席で言うことではない。

困っている私に代わり、高須さんが淡々と答えた。

「こんにちは。私は新郎の友人で高須といいます。環奈さんとは仕事上の付き合いがありまして」

嘘にならないギリギリのところを攻めてきた。さすが弁護士とでも言うべきか。

それ以上言及しないのは、もしかして私の名誉を守ってくれたのかな？

友達の誰も知らないということは、新郎の友人というのはおそらく本当のことだろう。

「ということは、広告関係の仕事を？　あ、クライアントさんの方かしら」

未婚の友達が身を乗り出す。結婚式が出会いの場だって、よく言われるものね。それにしたってがっつきすぎじゃない？

はらはらする私をよそに、高須さんはポーカーフェイスを崩さず、腕時計を見て言った。

「もう式が始まってしまいますよ」

「えっ、あ、本当だ」

いつの間にか、廊下から他の人々が消えていた。もう式場の方に集まっているのだろう。

「早くしなきゃ！」

新婦より早く着席していないと、シャレにならない。私たちはチャペルへ急ぐ。しかし高須さんは逆方向へ歩いていく。

「あの、高須さん？」

「クライアントに電話をしなくてはいけないんです。大丈夫、非常口を先に教えてもらっていますから」

目立たずにチャペルに侵入する方法を、先に見つけておいたらしい。

彼は悠々と廊下を歩いていく。マイペースな人だ。こんな日まで、仕事なんて。弁護士って忙しいのね。

「環奈、早く！」

廊下の先から、友達が叫んだ。

「はあい！」

私は高須さんにくるりと背を向け、慣れない靴で駆けだした。


いざ式が始まると、それまで気にしていた些末なことはどうでもよくなった。

今まで見た中で一番綺麗な友達の姿。誓いの言葉、誓いのキス。披露宴でのお色直し。幼少時代からのムービー。

そのどれもに感動し、おいしい料理をいただきながら涙を拭った。やっぱり来てよかったなあ。

新郎さんは一流企業のサラリーマン。同僚のなんとも言えない芸も、微笑ましく見ていられる。

そして新婦側は、あらかじめ頼まれていた一番歌のうまい友人が歌を歌った。他の友人は後ろでペンライトを振るだけでよかった。

途中、高須さんの顔が見えた気がした。

結婚詐欺の被害に遭ったばかりで、こうしてはしゃいでいる私を、滑稽に思っているだろうか。

席に戻るときにちらっと見たけど、彼は同じ席の友人らしき人と話をしていて、こちらには気づかなかった。

式も終盤に差しかかり、花嫁からのご両親への手紙が読み上げられた。感極まった花嫁が涙声になる。隣の新郎が、さっとハンカチを差し出した。

ご両親も涙を拭う。最後は双方笑顔になり、花束の贈呈が行われた。

きっとご両親も、今日という日を楽しみにしてきたんだろうな。娘が旅立ってしまうのは寂しいけど、それ以上に喜びもあるはずだ。

本当なら、私もこうして両親を、そしておばあちゃんを喜ばせられるはずだったのに。

友達はみんな、感動の涙を流していた。しかし私は、違う意味での涙が零れた。これはきっと、悔し涙だ。

おばあちゃんのお見舞いをしに実家に帰りたいけど、帰れば絶対に結婚のことを聞かれる。

うまく誤魔化す自信がないから、帰れない。

なんて親不孝で、なんて祖母不幸なんだろう。今の私の状況を知ったら、みんな驚き悲しむに違いない。

私が愚かで、判断力がなかったせいで、こんなことになってしまった。

後悔が押し寄せ、涙が止まらなくなった。

嗚咽を漏らしても、誰もなにも言わなかった。感動しているのだと思われたのだろう。

いいや、それだけじゃない。誰も私なんかに興味がない。ただそれだけなのだ。

式場から出た私と友人たちは、引き出物の紙袋を手に、だらだらと駐車場に向かっていた。

「環奈泣きすぎじゃない？　目が腫れてるよ」

「うん、感動して」

他の友達の結婚式でこんなに泣いたことはないので、不思議に思われてしまった。けど、本当のことは話さない。

「これからどうする？　どこか寄ってく？」

「私パス。胸が張ってしょうがないわ」

授乳中の友達もいるので、なんとなく解散の雰囲気になってきた。私は密かに安堵する。今日は一刻も早く帰って休みたかった。

タクシーでも呼んで帰ろう。そう思っていた矢先。

「横尾さん」

肩を叩かれて振り向くと、なんと高須さんがいた。

腫れた瞼を隠そうとしたが、後の祭りだ。不細工な泣き顔を見られてしまった。

「よかったらこれから、お話できませんか」

友達が興味津々といった顔でこちらを見ている。「ふぅ〜」と揶揄するような声まで聞こえた。

「ああ、お仕事の件ですね。いいですよ」

私は笑顔で返事をすると、友達の方に向き直った。

「じゃあ、またね」

またの機会がいつになるかは微妙だけど、そう言って駐車場の出口に彼を誘導していった。

「下手な演技ですね」

口の片端を少しだけ上げて笑う彼の声は、とても意地悪に聞こえた。

「だって、みんなの前で訴訟の話なんてできるわけないじゃないですか。お祝いの日なのに」

「いえ、私がしたかったのは訴訟の話ではありません。契約結婚の返事について」

「どっちでも一緒です」

もう今日は、誰かと話したい気分じゃない。興味津々な視線を向けられるのもつらい。

なにかの拍子で友達に詐欺被害のことを知られてしまったら、それが両親にまで伝わってしまう可能性もある。親同士が仲がいい友達だっているのだ。

「他人の目を気にするなら、移動しましょう。私の車がちょうどここにあります」

目と鼻の先にある黒いセダンを指さす高須さん。誰が見てもわかるエンブレムがついた高級外車だ。

「今日はオフですから、相談料は無料です。さあ」

助手席を開けて私を誘導しようとする高須さん。

普通の状態だったら、ときめいてしまったかもしれない。ただ、セリフがちょっといやらしいけど。

「いえ、今日は疲れたので帰ります。というか、裁判もあきらめようかと思っていて」

「なぜ？　絶対に勝てる方法があるのに？」

高須さんは本気でキョトンとしているような顔をした。

だってその方法って、高須さんと契約結婚をして、女児を生むってことだよね。

私が結婚するだけならまだしも、生まれる子供も関係してくる。

契約が終わって離婚ということになったら、子供も巻き込まれる。果たしてそれでいいのか。

両親が傍にいなければ絶対に不幸とか、可哀想とかいうことはない。赤ちゃんのうちに離れてしまえば、親の記憶もないままだろう。

でもいずれその子が大きくなったときに、自分のルーツを知りたいと思わないだろうか？　実の親が契約結婚で自分を生んだと知ったら、ショックを受けないだろうか？

普通すぎる家で育った私と、特殊な条件で育った高須さんとは、価値観が決定的に違うんだろう。

「とにかく、今日は……」

話の途中で駐車場に入ってきたタクシーに、ふっと目を奪われた。タクシーの後部座席には、平服の男女が乗っていた。

似ている。まさか。

車から男女が降りた。平服の彼らは、友達の式とは関係なく見えた。式の参列者は次々に帰っていく。午後は式場見学の客も来るのだろう。そういう客だと思われるふたりは、受付の方へ歩いていく。

「どうかしましたか？」

氷の彫像になったように硬直した私を、高須さんがのぞき込んだ。

「あれ……」

「あの人たちですか？」

「あれ、私の婚約者だった人です！」

言うが早いか、私は走り出していた。あの男は間違いなく潤一だ。ここで逃がしてなるものか。

「待ちなさいよ！」

後ろから声をかけると、ふたり連れは立ち止まり、ちらっとこちらを振り向いた。

男の方の顔を凝視する。

髪型を変えているけど、間違いない。潤一だ。

彼も私が普段と違う格好だったので一瞬わからなかったのだろう。少し間を置いてから、思い切り顔を歪めた。「ヤベエ、見つかった」とでも言いそうな顔だ。

「知り合い？」

女性は不安そうに潤一の袖を引っ張った。かわいい女性だ。彼女は潤一が結婚詐欺師ということを知らないのだろう。

次の言葉に迷った。その隙を突かれた。

なんと、潤一は隣にいる女性の手を振り払い、走り出したのだ。その拍子に体を押され、私は無様に転んだ。

「哲也《てつや》！」

まったく違う名前を女性が叫ぶ。潤一じゃない。どっちが偽名か。いや、そんなことはどうでもいい。

早く起き上がれ。追いかけろ、あの詐欺師を。

心が叫んでいるのに、体が言うことを聞かない。

ストレスによる連日の寝不足が祟ったのか、頭も体もふわふわしている。

景色が回転しかけた、そのとき。

「休んでいなさい」

そんな声が聞こえた。

瞬きをすると、目の前で高須さんが地面を蹴った。

文系な風貌から想像できないほど早く駆けた高須さんは、潤一に追いつき、腕を摑んだ。

「くそっ、なんだお前は！」

潤一が腕をふりほどこうとする。が、高須さんは彼の腕を摑んで離さない。

まだ依頼をすると決めたわけではないのに。いったいどうするつもりなんだろう。

「私は横尾さんに雇われた弁護士です」

「べ、弁護士？」

明らかに潤一の顔色が変わった。

「俺はなにもしてない。その女が、勝手に勘違いしただけだろ」

「あなたの言い分は事務所でゆっくりお聞きします。ご自分を潔白だとおっしゃるなら、ついてきてください」

「ごめんだね！」

潤一の足が動いた。

高須さんのお腹に向かって、勢いよく膝が打ち込まれる——と思ったのは数秒で、危険を察したのであろう高須さんは、手を離して後ろに飛び退いた。

よかった。怪我はしなかったみたい。

「どの女も、遊びと本気がわかってないだけなんだよ。俺は遊んでいただけ。そいつらは勝手に勘違いして、マジで結婚できると思い込んだだけ」

「それがあなたの主張ですか」

高須さんが微かに眉を顰める。背後から女性の泣き声が聞こえてきた。私は現実を受け止められず、まだアスファルトに座り込んだままでいる。

「金も持ってない。美人でもない。プライドと理想だけが高い。そんなパッとしない女たちと本気で結婚したいと思うわけねえだろ！」

ひどいセリフを吐き、潤一は再び走り出す。

その背中に、高須さんは低い声で怒鳴った。

「覚えておけ！　俺はお前を、絶対に逃がさない！」

潤一は一度も振り返らず、走り去った。

高須さん、もしかして、私のために怒ってくれているの……？

「なんなのよ、どういうことよぉ」

泣きじゃくる女性に、高須さんは簡潔に言った。

「あれは結婚詐欺師です。相談なら、いつでもお受けします」

押し付けるように名刺を渡した彼は、私の前に跪いた。

「すみません。あまりやりすぎると、こちらが暴行罪に問われるので。もっとうまい手を考えますから、ご心配なく。あの男は私が絶対に懲らしめます」

高須さんは優しい声音で言うと、スーツの上着を脱ぎ、私のめくれたスカートから露になった足にかけてくれた。

私はぼんやり、潤一が行った方を見送る。

――本当に、詐欺に遭ったんだ。間違いじゃなかった。

実感すると、体から力が抜けた。めまいがして、座っていることすらつらい。

私はまだどこかで、潤一を信じていたのかもしれない。

なにか事情があって連絡できないだけで、そのうちひょっこり戻ってくると、思いたかったのかも。

そんな米粒ほどの希望も、無残に打ち砕かれた。もう私には、なにも残っていない。

「……泣かないでください。あんな男のために、あなたが涙を流す必要はない」

頬を流れる涙を、高須さんがハンカチで拭ってくれた。純白の、いいにおいがするハンカチだった。

「さて」

「わあ！」

すっとんきょうな声を上げてしまった。だって、高須さんが涼しい顔をして私をお姫様のように抱き上げたから。

「な、なにを」

驚きで涙が引っ込んだ。

「病院に行きましょう。顔色が悪すぎます」

自分の車の後部座席に、私を乗せる高須さん。

意外と力が強い……なんて思っていたら、あれよあれよという間に車が発進してしまった。

「あの女の人、まだ泣いています」

潤一を哲也と呼んだ女の人は、こっちを恨めし気に見ながら泣いていた。

「このあとどうするかはあの人次第です。私は誰よりあなたを優先します」

私は完全に彼のことがわからなくなってしまった。

冷たいような、熱いような、おかしな人。

潤一に怒鳴った一瞬に見せた、敬語を捨てた彼の姿を思い出す。

いったいどれが、本当の高須さんなんだろう。

考えているうちに、私は眠ってしまった。気づいたら、とある病院の救急外来の受付前のロビーで、高須さんにもたれかかって座っていた。

救急外来は込み合っていた。

外から救急車のサイレンが聞こえ、症状の軽い患者の診察はさらに遅くなることが予想された。

「高須さん、もういいです。帰りましょう」

多分、突然走ったりしたのが悪かったのだ。ただ安静にしているだけなら大丈夫な気がする。

わざわざ診察しなくても原因はわかっている。心労による寝不足と栄養不足に違いない。

結果、それによる貧血や低血圧でくらっとしたのだろう。

「念のために受診しておいた方がいいです。午前中から顔色がよくなかったので」

「え……そうですか？」

多分、式場で会ったときにそう感じたのだろう。自分でも知らないうちに、疲れがピークに達していたみたいだ。

「呼ばれるまで、お話ししましょう」

高須さんは受付に行き、すぐに戻ってきた。

「休憩所にいるので、順番が来たらスマホに連絡してください」と頼んでくれたのだ。

私たちは人気のない自動販売機が並ぶ休憩所で、向かい合って座った。高須さんは私に「たっぷり鉄分」と書かれたパックのジュースを渡した。

「それにしても、見境のないやつですね。おそらく同時に何人もの標的を相手にしているんでしょう」

ホットコーヒーを持った高須さんが言う。私はパックにストローを乱暴に刺した。

「絶対に許せない」

私のお金を取っただけでは飽き足らず、別の人からも巻き上げようとしているなんて。

式場の見学にまで来てひどい捨てゼリフを吐かれた、名も知らぬ女性を思うと心が痛い。彼女は私と同じ立場なのだ。

「結婚って、幸せになりたいからするんじゃないんですか。その気持ちを逆手にとって、相手を不幸のどん底に叩き落とすなんて」

「畜生にも劣る所業ですね」

コーヒーをひとくちすすった高須さんは、紙コップを置いてこちらを見据えた。

「どうします。そろそろ決断しませんか」

「決断って」

「契約結婚の件です」

やっぱりそうなるか。私は黙る。

結婚は一生の問題だ。幸せになるためにするものだ。

なのに、会ったばかりのこの人と、契約結婚なんてしていいのだろうか。

「本当にこのまま終わっていいんですか？」

迷う私の目を、眼鏡の奥から鋭い目線が貫く。

「条件を詰めましょう。私たちが結婚をし、あなたが子供を生む。その間の恋愛はお互い自由であり、子供が生まれたらいつでも離婚可能です」

「もし、お互いが離れたくないと思ったら？」

最初は愛がなくても、そのうちに情が生まれたり……しないかな。

ぬるい質問をした私に、高須さんは微かに笑いかけた。

「そうなったら素敵ですね。その場合は結婚生活を継続しましょう。離婚した場合、女児の親権は私に譲ってください。その代わり、私は今回の裁判費用と、生活費を全額負担します」

本当に結婚を継続できたらいいと思っているのだろうか。詐欺師に一度騙されているので、柔和な態度も怪しく思えてくる。

「離婚したら、子供には一切会わせてもらえないのでしょうか？」

まだ出産はおろか妊娠もしたことがないけど、自分の子供に会えなくなるというのはどんな気持ちだろう。

「いいえ、あなたが望むなら月に一回程度は面会可能にしましょう。しかし子供が大きくなってきたら、子供の意思に任せる。それでどうでしょうか」

まったく会えないわけじゃない。そう思うと少しは安心できる気がした。

「離婚後、私たちにそれぞれ別のパートナーができたとき、子供がつらい思いをしないといいですけど」

ぽろりと零すと、高須さんは眼鏡の奥の目を細めた。

「あなたは本当に、優しい人ですね。いつも他人のことを考えている」

「はい？　そうでもないですけど」

「そうですよ。そもそも結婚しようと思ったのも、ご両親やおばあさんを喜ばせたかったからですよね。さっきは見ず知らずの女性を気にかけていた」

私自身はいい人になりたいとか、周りのために尽くそうなんてこれっぽっちも思っていなかったので、思わぬ評価に戸惑った。

「正直、女系遺伝子を持った女性は他にもいるでしょう。さっきの女性に同じ条件を持ちかけてもいいはずです。でも私は、あなたを選んだ」

選んだ。

そのフレーズが、私の心をぐっと摑んだ。

「出会って話をしているうち、結婚するならあなたがいいと思ったのです。同じような条件の人が何人いようと、結婚するならあなたがいい」

「高須さん……」

「あんな男の言うことは気にしないように。あなたはとてもかわいらしい」

高須さんが目の前で笑った。

頰が熱くなり、なぜだか涙が出そうになった。

ひどい捨てゼリフを吐かれた私に気を使ってくれている。でもきっと、それだけじゃない。

もう一度、信じてみよう。

星の数ほどいる人間の中から、こんなに平凡でこれといった取り柄もない私を、選んでくれたと言うのなら。

私がいいと、言ってくれるなら。

「ありがとうございます。では……よろしく、お願いします」

緊張した手に力が入った。ジュースのパックを潰す直前で、高須さんが私の手を包んだ。

「よかった。これで契約締結ですね」

優しく微笑む彼の顔に、見入ってしまった。

最初は冷たいと思ったけど、きっとそれだけじゃない。

もう一度、他人を信じてみよう。

懲りない私は、彼の提案に乗ることにしたのだった。

三章　彼が眼鏡を外したら

診察の結果、睡眠と栄養不足による貧血と低血圧であると言われ、薬を処方された。

ほぼ予想通りの結果だったが、医師にそう言われたらホッとした。他の病気ではないとはっきりしたからだろう。

「今度、改めて一緒に病院に行きましょう」

私のマンションに向かう車の中で、運転をしている高須さんが切り出した。

「え？　でも、ただの貧血だって……」

今診察が終わったばかりなのに、今度はどこを診てもらうのか。

不思議に思う私に、高須さんはさも当然のような顔で言った。

「婦人科です。一刻も早く子供をもうけたいので」

「あ……そうか。そうですね」

高須さんはパートナーより第一に、女の子の赤ちゃんが欲しいんだものね。私が子供を授かることができる体質かどうかが重要だよね。

なんだかなあ。納得して返事をしたはずだけど、数時間でもう挫けそう。

妊娠前の検査は気乗りしない。

まるで子供ができない女性に価値がないと言われているみたい。

もちろん私自身はそんな風に思っていない。多分高須さんも同じだろう。

ただ今回の私たちの契約には、妊娠出産が不可欠なのだ。だから仕方がない。体質的にムリなことがわかれば、そこで契約は白紙に戻るだろう。

「でもそういうところって、混んでいそうですね。不妊治療専門の外来って、近くにあります？」

「普通の婦人科でいいのではありませんか？」

今度は逆に、高須さんに聞き返された。

「だって、体外受精とかするんですよね？　それならちゃんと評判のいいところを調べて行かないと。すぐに予約が取れるかわかりませんけど」

どんな病院も、専門的なところはいつも混んでいる印象だ。

「私はホルモンや病気の検査だけするつもりです。なぜ体外受精になるんですか」

「なぜって……私たち、本当の夫婦じゃないから」

高須さんは無駄なことをしない印象だ。

「性交渉に無駄な体力と時間を使いたくありません」などと言い出しそう。彼が本当に好きになった人となら、エッチなこともするんだろうけど。

「体外受精は膨大な時間がかかります。私は自然妊娠を希望します」

「ええっ！」

「ま、どっちにしろ受診が先ですね。私自身に問題がある可能性もありますし」

進行方向を向いたままの高須さんの表情は読めない。彼の発言はすごく意外だった。

「もっと合理的な人だと思っていました」

「お互いに子供ができにくい体質であれば体外がいいでしょうが、そうでなければ自然が一番早くて手軽です。病院の予約をする必要もなし、場所も自宅でいいのだから」

自分は常に合理的だと言わんばかりの態度だ。

なんていうか……色気も素っ気もない言い方だなあ。私、この人と本当に夫婦になれるのかな。たとえ仮初の夫婦だとしても。

どう返しても言い負かされそうなので、私は黙ることにした。

高須さんは私をマンションまで送り届け、引き出物の重い袋を玄関前まで運んでくれた。いい人なんだか悪い人なんだか、ただの変人か。

私は今日一日で、ますます彼という人がわからなくなった。

久しぶりにぐっすり眠った翌日、私はいつも通り出勤した。

「横尾さん、住宅会社のＣＭのコンテ、進捗どう？」

デザイン部の部長から声をかけられた。

細身のシャツがぱつぱつになっている、ちょっとぷっちょりしたおじさんだ。ぷっちょりしているけど、オシャレではある。

「はい、それがまだ……」

「納期、もうすぐだからね。先週できた風邪薬の方はよかったから、ＣＭも気合入れて頼むよ」

「はいっ」

リアルな孤独を描いた風邪薬のＣＭの絵コンテは、先週クライアントにデータを送ってある。そちらの返事を待ちつつ、他の仕事を進めなきゃ。

「あれ、ちょっと復活した？」

近くを通りかかった佐倉先輩に声をかけられた。

「先輩。いろいろとお話ししたいことが」

昨日のことを、佐倉先輩には言うべきだろう。口を開きかけたら、部長の声が飛んできた。

「お話は休憩時間にねー」

ごもっともだ。それでなくても私たち、最近おさぼりしてしゃべってばかりいた。咎められても仕方ない。よし、心を入れ替えて仕事仕事。

先輩は「じゃあ、昼休憩に」と小声で言って自分のデスクに戻った。私も自分のデジタルペンを持つ。

パソコンを立ち上げ、先週作った出来の悪いデータを消去し、最初から描き始めた。よく眠れたおかげか、作業はスルスルと順調に進んだ。

昼休憩に、私と先輩は社外に出た。近くのタイ料理店で、カレーランチを注文した。

「先輩、私高須さんと結婚することになりました」

佐倉先輩は口に含んでいた水を噴き出しそうになった。なんとか堪え、飲み込むと、目を見開いた。

「どうしていきなりそうなるの？」

そう思うよね。私自身も急すぎる展開にびっくりしているもの。

「ええと、相談に行ったときにプロポーズされまして」

「高須が環奈に一目惚れしたってこと？」

契約結婚の件はいくら高須さんでも、他人の耳には入れたくないだろう。どこから腹違いの兄弟に漏れるかわからないし。

「そう……なりますかね」

「環奈はそれでいいの？　ヤケクソになってない？」

心配そうに眉を顰める佐倉先輩。

そりゃあ、つい最近結婚詐欺に遭った私が、すぐに他人と結婚なんて言ったら、普通は心配するよね。

「環奈、結婚は条件だけよければいいってもんじゃないんだよ。そんなに急ぐ必要ある？　一年くらい付き合って考えたら？　あ、あれか。おばあちゃんを早く喜ばせたいんだっけ」

先輩はひとりで質問し、ひとりで納得していた。

たしかに、おばあちゃんを早く元気づけたいという思いはある。

おばあちゃんの骨折自体は大したことないものの、両親に介護ベッドやシルバーカー、杖などを用意され、「私は介護が必要な高齢者なんだ」と感じてさらに落ち込んでいるらしい。

「条件やおばあちゃんのことだけで結婚を決めたんじゃありません」

「じゃあ、詐欺に遭ったことを忘れるため？」

反論できなくなった私を、先輩は眉を下げて見た。

「まあ、環奈がそれでいいならいいけど。環奈が幸せになれば、ご両親もおばあちゃんも喜ぶだろうし」

先輩の言葉が、胸に詰まった。

家族は、私の幸せを望んでいる。でも私は、幸せになるために結婚するのではない。

潤一への雪辱を果たし、おばあちゃんを喜ばせるために結婚する。

でも、うまくいかなくなったら？　すぐに離婚になったら？

「なに不安そうな顔してるのよ。自分で決めたんでしょ」

気づけばどんどん時間が過ぎている。佐倉先輩はカレーを急いで食べ始めた。

「……はい。幸せになってみせます」

先のことは考えたって無駄だ。私は今やるべきことだけを考えよう。

とにかく潤一を探し出し、制裁を加える。もう私のような被害者を出さないためにも。

あとは、できるだけ離婚しないように頑張るしかない。

高須さんが他に目を向けないよう、彼が望む赤ちゃんを生んで、いい奥さんでいるんだ。

私も先輩に倣い、タイカレーをライスにぶっかけ、かき込んだ。スパイスが効いたカレーが喉にきて、無様に噎《む》せてしまった。


数日後、私と高須さんはそれぞれ病院を予約し、検査を受けた。

結果は、お互いに問題なし。ホッとしたような、そうでないような、微妙な気分だ。問題がないのはいいことだけど、これでもう後戻りはできないという切迫した気分にもなる。

検査結果が出てから二週間後、帰ってパソコンを開くと一通のメールが届いていた。高須さんからだ。書類ができたら連絡するって言ってたっけ。

メールを開いて驚いた。

ずらりと並ぶ長文を読むと、まず簡単な挨拶の次に『両家顔合わせまでに、お互いのことをよく知っておいた方がいいので』と続き、細かく書かれた高須さんのプロフィールが載っていた。

さらに、私に対する膨大な質問が書かれていた。その細かさに、軽くめまいを覚える。

身長、体重、誕生日、出身校、などなど……。

これ、全部答えたとして、高須さんは覚えられるの？　いや、頭の出来が違うから問題ないのか。

とりあえず最後までメールを見ると、両家顔合わせの日程候補が挙げられていた。

両家と言っても、高須さんのご両親は正式な夫婦ではない。そこは私から実家にきちんと説明しておいてほしいとのことだった。

早く返事をしなくてはならないと思い、すぐに実家に電話をかけた。

『もしもーし。あ、環奈。元気にしてる？』

落ち込んだおばあちゃんのお世話で大変だろうに、母は明るい声で応答してくれた。

「元気だよ。この前はごめんね。彼が改めてお父さんとお母さんに会いたいって言ってるの。会ってくれないかな」

潤一のことは実家に伝えず、最初から高須さんが会うはずだったということにしておこう。それも高須さんからのメールに書いてあったことだ。

『あら。もちろんよ。それにしても彼氏さん、忙しいのねえ』

「ああ、うん……一応弁護士だから」

『弁護士!?』

母は私が普通のサラリーマンと結婚すると思い込んでいたのだろう。

紹介したときに説明しようと思い、潤一の情報をなにも入れていなかったことが幸いした。

「まあ、そう緊張しないで会ってみてよ。向こうのご両親も来るから。ちょっとワケありだけど、仲はいいみたい」

私は彼の生い立ちをざっくり説明した。

『そうなの。苦労したのねえ』

「金銭的な苦労はなかったみたいだけど。本人もお母さんもあっけらかんとしているらしいし、あまり同情的な目で見ないでほしいんだ」

『わかった。了解』

納得したように同じ意味の言葉を繰り返す母。日程を決め、電話を切った。

今頃おばあちゃんも、顔合わせのことを聞いて、ホッとしているだろうか。一緒に来るとか言い出したりして。

高須さんを見て驚くおばあちゃんを想像すると、自然と笑顔になる。

これが本当の結婚だったらどんなによかっただろう。

数日後、高須さんから連絡があった。契約書ができたというので、仕事帰りに彼の事務所を訪ねた。

応接室に案内される間に、事務所の風景を見渡す。

高須さんの他に働いている人が全部で十人ほどいる。男性も女性もいるが、みんな若い。誰が弁護士で誰が事務員かは見た目ではわからない。

「大きな事務所ですね」

「ここは小さい方ですよ」

この前と同じ事務員さんが、お茶を出しながら素っ気なく言った。また終業間際に来たのが気に入らないのかな。早く帰りたいから。

「お待たせしました」

高須さんが、もうひとり男の人を連れて応接室に現れた。事務員さんは私を一瞥し、さっさと出ていった。ちょっと感じ悪いな。

「初めまして、弁護士の鳥居《とりい》です」

「は、初めまして」

鳥居さんという弁護士さんが名刺をくれたので、慌てて立ち上がって会釈をした。

全体的に短い髪にたくましい体つき。年齢は高須さんと同じくらいだろう。とても頼りがいがありそうだ。

「この鳥居が、私の補助をします。彼から話を聞かれたり、証拠や書類の提出を求められることもありますので、よろしく」

「そうなんですか」

高須さんは不敗の最強弁護士であるという才能と実績があるから、依頼人が絶えないそう。企業の顧問も引き受けており、正直私の裁判にかかりきりになる時間がないのだろう。

確実に潤一を懲らしめてくれればいいけど、鳥居さん任せにされるとちょっと話が違うような……。

私の心を見透かしたように、彼は苦笑した。

「大丈夫ですよ。裁判までの段取りを整えるのは鳥居ですが、実際に弁護をするのは私です。彼には私の指示通りに動いてもらいます」

「任せてください。高須先生の婚約者さんのためなら、ひと肌脱ぎましょう」

鳥居さんは胸を張って笑う。そういうことなら、信用しよう。

「はい。よろしくお願いします」

「いやあ、それにしても高須先生が女性に一目惚れして婚約するとはなあ」

高須さんとは対照的な、人懐こそうな笑顔を浮かべる鳥居さん。

「この人、結構変っていうか、こだわりが強いじゃないですか。奥さん大変ですよ」

「おい鳥居」

「だってこの見てくれで、この若さで個人事務所を持っているんですよ。女性が放っておくわけがない。でも、誰もゴールに辿り着かなかった」

たしかに。高須さんが合コンに来たら、人気ナンバーワンになるだろう。その気になればいくらでも相手はいたはず。

でもなあ……。たった数日でも、ちょっと変わっているなって思ったもん。気になりはしても、彼女になる前に勝手に離脱した人も多そう。

「でも、高須さんはいい人ですよ。冷たかったり熱かったりして、ちょっと個性的だけど」

だって、私のことを助けてくれたし、潤一を捕まえようとしてくれたし。

まるで万華鏡みたいな人だ。少し角度を変えただけで、まったく別の表情になる。

本気で言ったのに、鳥居さんは風船が弾けるように豪快に笑った。

「さすが高須先生が見初めた人だ。大物だ、こりゃあ」

「悪かったな、変人で」

ケラケラ笑う鳥居さんを呆れた顔で見る高須さん。その頬が少し赤らんでいるように見えるのは、気のせいだろうか。

「では、こちらの書類の説明をさせていただきます。鳥居、君はもう帰っていい。事務員たちにもそう伝えてくれ」

「はいはい。お邪魔虫は帰りますよ～」

鳥居さんは私に会釈をし、部屋を出ていった。急に静かになった部屋で、私と高須さんは向かい合って座る。

「あのう、鳥居さんは契約結婚のこと」

「知りません。言う必要もないでしょう」

たしかにそうだ。私としてもいろんなことを勘繰られると傷つくので、知られたくないと思う。

ただでさえ、数日前に結婚詐欺被害の相談に来たばかりで、そのとき接見した弁護士といきなり結婚を決めちゃうなんて。節操のない人だと思われても仕方ない。

ああ、だから事務員さんも私に冷たかったのかもしれないな。

ちょっと落ち込みそうになったけど、ぐっと顔を上げた。

自分で決めたことだ。これでいいんだ。他人の目をいちいち気にするな。

「口約束だと不安でしょう。こちらは契約結婚に関する契約書です。目を通してください」

高須さんに渡された書類を見る。そこには契約結婚に関する約束が細かく書かれていた。

と言っても、今まで彼と話したことが文章になっただけだ。

私は、結婚をして彼の子供を生む。彼は、私が勝訴するために弁護をし、その費用のすべてを負担する。

女の子を生んだら、あとはお互いに自由。

離婚をする場合は、女児の親権は高須さんが持つ。

その後私の一年間の生活費を一括で彼が支払う。子供を生んだ礼金も一緒に。

裁判で潤一から取り戻したお金も、私に返還。

「お金のことばかりですね」

「そこが一番重要でしょう。ちゃんと決めておかないと、揉める原因になります」

たしかに、結婚生活でも離婚でも、一番揉めるのはお金のことだよね。切ないけれど、それが現実だ。

納得してページをめくった。男児が生まれた場合のことも書いてあった。

要は男児の親権は協議で決めようということだった。私に親権を渡す場合は、養育費を支払うと書いてある。

さらに契約書は続く。

お互いに恋人ができて別れる場合、子供が早くに死亡してしまった場合、お互いが寿命で亡くなったときの、子供に対する財産分与はどうするか。

よくわからないところは、その都度高須さんが説明してくれた。全体的に見て、私の負担になるようなことはないように思えた。

「あなたには命がけで子供を生んでいただくので当然です。私は生殖するまでで、それ以降は役に立ちません。その分、じゅうぶんな支払いはさせていただきます」

生殖って……また変な言い方するなあ。必要以上にいやらしい言い方をする必要もないけれど。

「どうでしょう。あなたの不利益になるようなことはないはずです」

「私もそのように思います」

潤一とも、こうして書類を交わしておけばよかったのかな。ふとそんな考えが頭をよぎった。

「では、もう一度自宅でこれを読み返していただき、了承いただけるならサインと捺印をして戻してください」

「はい」

「そしてこちらは、詐欺被害の裁判に関する契約書と見積書です。見積書の方は、作っておかないと周りに勘繰られるので」

また難しそうな書類が出てきて、首の後ろが痛くなってきた。

高須さんはこちらもざっと嚙み砕いて説明してくれた。

「大丈夫ですか？」

難しい法律のことは、私にはよくわからない。

いや、むしろ高須さんの出してくる書類すべてが私に都合がよすぎるように思えて、逆に不安になってくる。

気づいたら、眉間にグッと力を入れていた。さぞ怖い顔になっていただろう。

「いえ……結婚のこともそうですけど、条件がよすぎて」

「ははあ。騙されているんじゃないかと不安になるんですね。ムリもありません」

一度詐欺に遭っているので、人間不信になっているのかも。契約書のどこかに落とし穴があるんじゃないかと思ってしまう。

「いいですか。あなたは好きでもない男と結婚して子供を生まねばならないという、最大のリスクとデメリットと心的苦痛を負うのですよ。これくらいさせていただくのは当然だと思ってください」

真面目な顔で言う高須さん。その言葉を聞いていると、なんだか切なくなってきた。

まるで彼は、自分が他人に愛される可能性などないと思っているようだ。

「この契約書に書いてないことがあるのですけど、質問していいですか？」

「もちろん」

「女の子が生まれたあと、あなたは離婚したくなった。だけど私はあなたのことをうんと好きになっていて、離れたくない。こういう場合もあると思うんですが、そのときは協議離婚になるんですか？」

「え」

高須さんが言葉に詰まった。出会ってから今まで、初めて見た光景だった。

彼はみるみるうちに表情を曇らせ、自分の尖った顎を撫でた。

「いや、そのような可能性は」

「なくはないですよ。今だって私、あなたのことを嫌いじゃないです」

「よもやよもや……」

高須さんは弱り切った顔でうつむいてしまった。

やっぱり。私が彼を愛して執着するというパターンを、これっぽっちも考えていなかったんだ。

頭が切れるはずなのに、どうしてその可能性を見出さなかったのか。

「そのような場合はないと思いますが、もしそうなったら協議離婚……」

「またお金で解決ですか」

「いや、いやそうではなく。そうなったらと考えると、やけに気持ちがふわふわして冷静になれないんです。弱ったな」

普段こんなことはないんです。と、彼はぽつりと言った。

もしや照れているのかしら。それとも、私に好かれるとそれほど迷惑なのか。

彼自身、自分の気持ちがわからないようだから、それ以上質問するのはやめた。

佐倉先輩が言っていたことが頭をよぎったからだ。

『まあ、ちょっと変わっているからね。昔からモテてはいたんだけど。ちょっと人間不信なのかな』

モテてはいたけど、実を結ぶことはなかった。それは彼自身が特殊な状況で育ったからなのかもしれない。

「まあいいです。そうなったら、話し合うしかないですよね。そのときは鳥居さんを頼ります」

「そ、そうですか。ではそうひとこと入れて作成し直します」

「はい。よろしくです」

私は一度受け取った書類を、彼に返した。今日できている分は自宅で読み返せるよう、データだけを送っておいてもらうことにした。

「鳥居に賛成です。あなたは大物だ」

「はい？」

「なんでもありません」

高須さんはまだ、自分が他人に愛される可能性について考察しているようだった。

「あのう、高須さん」

「はい、横尾さん」

「環奈でいいです。それはそうと、顔合わせの前に一度、デートしませんか」

ぱちくりと瞬きをする高須さん。契約結婚に必要ないはずのデートを、どうしてしなければならないのかと思ったのかな。

「なぜなら、直接お話しした方が、お互いのことをわかり合えると思うからです」

「情報の共有なら、メールでじゅうぶんですが」

言うと思った。私は内心ため息をついた。

「あまりよそよそしい態度をしていると、お互いの両親に変に思われますよ」

高須さんの顔色が変わった。顔合わせを失敗したくないのだろう。

「いきなり夫婦らしくなるのはムリかもしれませんが、もう少し親しい雰囲気になっておきましょう」

「なるほど。承知しました」

堅苦しい言葉遣いで、彼はデートすることを了承した。

多分、この人は仕事はできるけど、自分自身の人間関係については不器用なんだ。いや、佐倉先輩のように同級生や友達とは付き合える。ただ恋愛にはあまり積極的ではないと見た。

この契約結婚の結末がどうなるかはまだ予想がつかないけど、お互いにとって一番いいのは、普通の仲のいい夫婦になり、家族全員で末永く暮らせることなんだろう。

離婚をしなければ揉めることも少ないし、子供もふたりで協力して育てることができる。おばあちゃんやお互いの実家も喜ぶし。

っていうか、まず仲良くならないと、今後の偽装結婚生活がつらい。結果がどうなろうと、一緒にいる間は快適に暮らしたい。

そのためには、もう少し高須さんに心を開いてもらわないと。強烈アプローチしてきたわりには、まだまだ態度が硬い。

自分も恋愛経験はほぼないけど、異性の友達はいる。まず友達になろう。

私たちは早速次の日の夜にデートをすることを約束し、それぞれの家路についた。


次の日。

『予定通り仕事が終わりました。今から迎えに行きます』

私の終業時間に合わせたように、スマホにメッセージが届いた。

こちらも、順調に仕事を終わらせたところだ。CMの絵コンテを仕上げ、映像部へ送った。返事は明日になるだろう。

「お疲れ様でした～」

いそいそと片付けをして席を立つ。社外に出る前にトイレに寄って、メイクと髪を簡単に直した。

「なんだか今日は服に気合が入っているなと思ったけど、もしかしてデート？」

自分の顔に集中していたので、声をかけられてびくっとした。視界を広くすると、私の後ろに立った佐倉先輩が鏡の中にいた。

「びっくりさせないでくださいよぉ」

振り返ると、佐倉先輩は「いひひ」と悪い魔女みたいな笑い方をした。

「私も外まで一緒に行こうっと。久しぶりだな、あいつに会うの」

「ええ～」

高須さんの顔を見に行こうというのだろう。

同級生なのだから気持ちはわかるが、なんだか緊張する。お母さんに尾行されている気分だ。

「いいじゃないの」

結局帰る出口は一緒なので振り切ることもできず、私は佐倉先輩と外に出た。

ビルから出てしばらく歩くと、前方に一人の男の人が立っていた。高須さんだ。

帰っていく社員は彼の方をちらちらと見ながら各々の帰途につく。

立ってスマホを見ているだけなのに、まるでその場面を切り取った絵画のようにさまになっている。

「マジだ。高須だ。おーい」

私より先に、佐倉先輩が彼に大きく手を振った。こちらに気づいた高須さんは、遠慮なく眉間に深い皺を寄せた。

「なぜ君がここにいる？」

「は？　環奈と同じ会社、同じ部署にいるんだからなにも不自然じゃないでしょ。むしろ私が環奈を紹介してあげたんだから、感謝してよ」

高須さんがこちらを見る。どうにかしろと言っているような顔で。

「あ、あのう先輩、お子さんがお待ちなのでは？」

佐倉先輩は保育所に幼いお子さんを預けている。

「あーそうだった。じゃあまたゆっくり、話を聞かせてよね。高須、環奈を泣かせたら承知しないから」

「早く行け」

冷たい目で先輩を見る高須さん。同級生に久しぶりに再会したというのに、鬱陶しそうにしている。

先輩は忙しそうに去っていった。

本当に顔を見ただけだったな。ゆっくり話をしたくても、子供がいるとそうもいかない。きっと帰ってからもずっと忙しいのだろう。

「あの、佐倉先輩と高須さんは仲がよかったんですか？」

初めての待ち合わせ。もっと甘酸っぱい雰囲気になる予定だったのに、ギクシャクしてしまう。

「別に。あいつが俺を面白がってからかっていただけだ。ガリ勉くんとあだ名をつけて」

ガリ勉くん。高校生のときは法学部を目指していたはずだものね。一生懸命勉強していたのだろう。それより私は、高須さんの話し方に違和感を覚えた。

「敬語……ない方がいいですね」

「はっ！」

先輩と会い、気持ちが高校生のときに戻ったのかな。敬語を忘れ、砕けた話し方になったことを、指摘されて初めて気づいたらしい。

「すみません」

「別にいいですよ。付き合っているなら、それが自然ですし。私はともかく、高須さんは年上なんだし」

「ああ……そうでした。顔合わせまでに、親しい雰囲気にならないといけない」

待ち合わせをした目的を思い出したようだ。高須さんは咳ばらいをした。

冷たく素っ気なく見えたのは、きっと佐倉先輩と久しぶりに会って気恥ずかしかったからだろう。

学生の頃の自分を思い出して、胸の辺りが痒くなることって、誰にでもあるものね。

「では、行きましょう」

高須さんが手を差し伸べた。固い動きだったけど、これも訓練だ。

「はい」

私はためらいつつ、その手を取った。

通りすがっていく社員の視線を感じたけど、無視することにした。

ちらりと高須さんの横顔をのぞき見る。笑ってもいないし、怒ってもいない。

ただなんとなく照れくさそうにしているのが、手のひらの温度からも伝わってきた。

「なにぶん急だったので、食事の予約の時間が少し遅くなってしまいました。どこかで時間を潰そうと思うのですが」

「はい。どこか候補がありますか？」

「それが、忙しくてなにも調べられず。申しわけありません」

調べないと、デートの行先も浮かばないか。がっかりするより、遊び慣れてないと考えるとホッとした。

潤一は話題も豊富で、行く場所に迷うこともなく、おいしいお店もたくさん知っていた。その分いろんな場所を、それぞれ別の女の子と渡り歩いていたということだろう。

「お仕事、忙しいんですね」

弁護士はクライアントと話し合いをしたり、メールをやりとりしたり、裁判所に出向いたり、書類を作ったり、想像するだけでも相当な量の仕事がある。

いくら他の弁護士や事務員がいたとしても、ふんぞり返ってはいられないはず。

「まあそれは。仕事の話はつまらないのでやめましょう」

つまらないかどうかという以前に、弁護士には守秘義務がある。

クライアントとの秘密をうっかり話してしまうといけない。だから迂闊に話題にできないのだろう。

「じゃあ、連れて行ってほしい場所があるんです。そこでいいですか？」

「ええ」

高須さんも安堵したような顔をしていた。

私たちは高須さんの車で、目的地まで移動した。

二十分後着いたのは、小さな水族館だった。

「早くしないと。閉まるの早いんですよね」

いそいそと入場ゲートで夕方から発行される割引チケットを購入した。

館内は平日だからか、閉館一時間半前だからか、それほど混んでいなかった。カップルらしい客がほとんどだ。

「初めて来たが、これはすごい。酔いそうだ」

暗いフロアに円筒形の水槽が立ち並ぶ。

中にふわふわと浮かぶクラゲが、赤、黄、ピンク、青、紫などに照らされる。

壁や天井、床一面にデジタルアートが投影されていて、踏み込んだ者は一瞬で幻想的な世界に迷い込む。

「綺麗でしょう。私もいつか、こういうもののお仕事をしてみたいです」

毎日毎日、平面のデザインや絵コンテばかりを描いているけれど、いつか空間ごとプロデュースできるような力を身につけたい。

「そういえば、あなたはデザインの仕事をしているんでしたね。私はまったく、芸術方面がダメで」

クラゲが浮かぶ水槽に手を当て、中をのぞき込む高須さん。その顔が、紫の光に照らされている。

「あ……じゃあ、こういうところはつまらないですか？」

「いいえ、見るのは好きですよ。作るのがダメなんです。図工と美術はずっと最低の成績でした」

遠くを見るような高須さんの顔に、思わず笑ってしまった。

ダメって、そっちの方の「ダメ」か。

潤一を追いかけるときの足は速かったし、体つきを見る限りスポーツはなにかやっていたのだろう。ただ、美術だけが苦手なのか。

「人の弱点を笑うのはよくない」

不満そうに言うので、ますます笑えてしまう。

「だって、完全無欠のエリート弁護士なのに、絵が下手とかかわいいじゃないですか。高須さんにもかわいいところがあるんですね」

クスクス笑っていると、突如館内放送が流れた。

『このあと六時三十分から、メインプールにて、ナイトドルフィンショーを開演いたします』

私はまだ不満そうにしている高須さんの袖を引っ張った。

「行きましょう。イルカショーがここのメインですよ」

ぐいぐいと引っ張ると、高須さんが私の手を離させ、握り直した。

「はい。はぐれないようにしましょう」

微かに笑う顔に、胸が跳ねた。彼の眼鏡フレームに、七色の光が反射していた。


円形のメインプールに登場したイルカたちが、トレーナーの合図に合わせて見事なジャンプを披露する。

あちこちに設置された装置から、噴水のように水が舞い上がる。背景はデジタルアートで彩られていた。

今回は星空をテーマにしたデジタルアートのようだ。季節ごとに絵柄が変わるらしい。

まるで宇宙の中を泳いでいるようなイルカたち。息の合った三頭の演技に、惜しみなく拍手を送った。

「すごいですねえ！」

「ええ、よく訓練されていますね」

高須さんも素直にうなずき、拍手した。演目が終わるときには、なんともいえない寂寥感に包まれた。

「もう終わりかあ……」

ショーが終わった途端、閉館時間のアナウンスが流れ始めた。

私たちは見ていないエリアを早足で回り、水族館を出た。

中にいられた時間は、一時間半もなかったな。ちょっと消化不良かも。

実は私は、この水族館に休日にひとりで癒されにくることがある。そういうときは平均二時間費やし、生き物とデジタルアートを堪能する。

「あの、ちょっと、時間が足りなかった……ですよね」

高須さんも物足りなかったのではないかと心配になった。下手な愛想笑いをする私に、彼は首を横に振った。

「いいえ、じゅうぶんでした。楽しそうなあなたの顔を、たくさん見られましたから」

「えっ」

高須さんは、私に向かって満足そうに笑いかける。嘘をついていたり、気を使っているようには見えない。

私、どんな顔して笑っていたのかな。彼の目にどう映っていたのか考えると、気恥ずかしくなる。

「もっと時間があるときに、また来ましょう」

高須さんは私の手を引き、駐車場へ歩いていく。最初は違和感しかなかった彼の手の感触も、だんだんとなじんできたように感じた。

高須さんが予約しておいてくれたお店の前で、私は立ち尽くしてしまった。

見るからに高そうな門構え。しかも木彫りの看板には店名の横に「米沢牛」と彫られている。米沢牛って、たしかお高い牛さんだよね？

「牛、嫌いでしたか」

看板を見て固まっている私に、高須さんが声をかけてきた。

「宗教上の理由で食べられないとか」

「いいえ、うちは無宗教です。お肉も好きです」

両手を振って否定すると、高須さんは安心したように笑った。

「よかった。ちなみに私も無宗教なので、ご安心を」

高須さんは怯むことなく、お店の中に入っていく。名前を告げると「お待ちしておりました」と女将さんらしき人が出てきた。

案内されたのは四人分の席がある個室だった。大正ロマン的な内装で、和風の照明がほんのりと空間を照らしている。

「勝手にコース料理にしてしまったけど、大丈夫ですか？」

「大丈夫です。なんでも食べられます」

「それはいいことです」

高須さんはにこりと笑った。二人きりの時間を過ごすにつれ、表情が柔らかくなってきたような気がする。

「このお店はよく利用されるんですか？」

「プライベートではあまりないですね。仕事関係で使うことがほとんどで」

なるほど。だから個室なのか。企業の相談をこういうところで受けたりもするんだろうな。

ほどなくして、前菜や飲み物が運ばれてきた。高須さんは車を運転するので、お酒が飲めない。

「本当は飲めるんですか？」

「多少は。それほど好きじゃありません」

よしよし。大酒飲みはお金もかかるし、健康にも悪い。嗜む程度がちょうどいい。

ちなみに私も、ほぼ飲めない。

ムリして飲むとすぐ心臓がばくばくして、気分が悪くなってしまう。体内のアルコールを分解する酵素が少ないのかな。

運ばれてきた料理に箸をつける。小鉢や前菜からすでにおいしい。かぶにコンソメジュレが乗っているものなんて、初めて食べた。

素直に感動を顔に出していることに気づき、ハッとした。私、ものすごい田舎者みたい。

彼はこういうものを食べ慣れているだろうから、出されたものすべてにいちいち感動しているような野暮ったい女の子は嫌いかも。

現に高須さんは、なにを食べても表情が緩まない。

私も少しは彼を見習って、クールになろう。なんたって、弁護士さんの奥さんになるんだから。

しかし、そんな決意はメインのステーキを見たときにあっさり崩壊した。

いい焼き加減のステーキは、中が綺麗なピンク色。お箸で食べられるように切り分けられたそれを口に運び、思わず嘆息した。

「はあ、とろける……」

焼いたお肉は固いというイメージがあった。このステーキは厚みがあるにもかかわらず、口の中で繊維がほどけてなくなっていった。

「おいしいですか。よかった」

あまりのおいしさに頬をさすっていた私に、高須さんは優しくささやいた。

「正直に言います。どれも、すごくおいしいです」

ステーキの前に出てきた和牛の握り寿司も、同じようにとろけた。ワサビとの相性が最高だった。

「高須さんは毎日こういうものを食べているんですか？」

「そんなわけないでしょう。今日はあなたとの初デートなので、特別ですよ」

高須さんもステーキを食べ、「うん。おいしい」と言った。特別と言いながら、私よりだいぶ落ち着いていた。

「いつも食事はどうしているんですか？」

「今は一人暮らしなので、外食かテイクアウトが多いです」

一人暮らしなのか。そこで少し安心した。

高須さんはお母さんひとり、子ひとりで育ってきたと聞いたから、今もお母さんと一緒に暮らしているのかなと思っていた。

じゃあ、高須さんが独り立ちして、お母さんは寂しがっているかもしれないな、と余計なことを考えた。

「コンビニとか、牛丼屋で済ませる日も多いです」

「忙しいですものね」

「社会人はみんなそんなものじゃないでしょうか。子供や配偶者がいれば作るけれど、自分ひとりならそれでじゅうぶん。自炊にかける時間が惜しい」

彼らしい理由だと思った。

手料理やガーデニング、こまめな掃除など、家庭で丁寧な日常を送りたいタイプとは真逆で、頭の中の九割が仕事で占められていそう。家事は家電を使いこなして片付けているイメージ。

「横尾さんは、いえ、環奈さんは、料理をしますか」

わざわざ苗字から名前に言い換えられたので、ドキッとした。返事に詰まった私に、彼は瞬きをして続ける。

「別に、毎日手料理や弁当を作れなどと言う気はないのですが」

「あ、いえ。料理はまあ、自分で食べる分には困らない程度には……。華麗なおもてなし料理とか、本格スイーツはムリですけど」

私はなにかしら創作をしていると落ち着く性格なので、料理をするのは苦痛ではない。ただ、仕事が忙しい日や、うまくいかなかった日はやらないけれど。

「そうだ、むしゃくしゃした日はパンを捏ねるんです」

「パンを？」

「こう、まな板に粉を広げて、その上にびったーん！　びったーん！　とタネを叩きつけるわけです」

本気の日は拳を握って「こんにゃろう！」と言いながらタネを殴る。が、それはさすがに引かれそうなので言わずにおこう。

「はは。かわいいストレス解消法ですね」

高須さんが声を出して笑った。

いつも無表情な彼が笑うと、まるで冬の荒れ地に花が咲いたような気分。うれしくなった私は、スマホのフォルダにある自作パンの写真を見せた。

「これ、中にチョコクリームやチーズを入れたら、焼いたときに溢れ出ちゃって」

わざと失敗したパンの画像を見せた。動物型のパンに開けた目や口の穴から、無残にチョコやチーズが流れ出ている。おぞましい姿だ。

あと、錬成に失敗した魔獣のようになった、ちぎりパンに顔をつけたものも見せてみた。あっちこっちを見て苦しんでいるようなちぎりパン。

「ふっ、ふふっ……ひどいなこれは」

「かわいそうなので、全部自分で食べました」

「そりゃあパンも本望だったでしょう」

クスクスと笑い続ける高須さんの目が、線のようになった。目じりには涙が浮かんでいた。

そんな顔を見ていたら、突然胸の奥がキュンと鳴った気がした。

この人は不敗のエリート弁護士だけど、決して冷たい人ではない。ただ感情を表に出すのが苦手なだけなんだ。

私はまた、パンを作ろうと決めた。失敗するといい。彼を大笑いさせたい。

失敗パンのおかげで、場の雰囲気が一気に和んだ。

彼の話し方もだんだん砕けてきて、お互いのいろいろな話をした。

食事を終えてお店を出た私のお腹は、ぱんちくりんに膨らんでいた。

「あー、おいしかった。ごちそうさまでした」

高須さんの車に乗り、マンションまで送ってもらう。その中で、聞き忘れたことを聞いてみた。

「そういえば高須さんは、どうして弁護士を目指そうと思ったんですか？　お父さんが弁護士だから？」

赤信号で止まった高須さんはこちらをちらりと見て、すぐ前に視線を戻した。

「そうだな。それもある。母が弁護士になって父を見返せって言うものだから」

「ええ……」

聞いちゃいけないことだったかな。

高須さんのお母さんは俗に言う愛人の立場だ。

本妻や他の愛人の息子より優秀な弁護士を育て、父親に認められたいという欲望が見えて怯んだ。

認められたいのは本人ではなく、お母さんだった。

こんなに優秀な子を生んだ自分が一番妻としても優秀なのだと、認められたかったのだろう。

「そんな母が哀れでね。母も俺も、ただ養われるだけの弱者だった。父が突然死んだり、援助を打ち切っていたら、親子ともども路頭に迷っていただろう」

「そんな」

たしかに認知された子供には相続権があるけど、愛人にはなかったはず。故人が遺言書を残していなければ、なにひとつ受け継ぐことができない。

夫が死の間際に立たされたときに、病院に駆けつけることもできないし、お葬式に参列することもできない。

それに、亮平さんに配分される遺産は全財産の三十二分の一。幼い頃にお父さんが亡くなったら、彼の大学卒業まで親子二人を養うのは難しかったかも。

「正妻の子ではないというだけで有名私立幼稚園に入れてもらえなくて、母は悔しい思いをしたらしい」

「そんなことあるんですか」

「母も昔は弁護士事務所の事務員だったけど、働くのをやめていたから。まあ、俺が生まれたから働けなくなったというのもあるだろうけど。じゅうぶんな援助をもらえるのに、あくせく働くのがバカらしくなったんじゃないかな」

就労収入がない上に、社会的信用が地の底だったお母さん。

お父さんのおかげで学校で恥ずかしい思いをしたり、いじめられたことはないけれど、やはり「自分の家庭は普通じゃないんだ」という思いはずっとあったらしい。

「俺は運よく大学まで父に出してもらえたけど、この世にはもっとひどい環境で困っている人がたくさんいる。だからそういう人たちの力になりたいと思った」

彼の言葉に熱がこもった気がした。

私がそういう立場なら、弱い人の力になりたいなんて思えない。きっと、自分のことだけでいっぱいいっぱいになっていただろう。

この人、やっぱり只者じゃない。嘘を言っているようにも見えない。

「素敵ですね」

「そんなことない。結局、人を雇うには金がいる。困っている人からも正規の料金をもらわないと、立ち行かなくなる。時間もない。俺は今、目指していた理想とはかけ離れたところにいるんだ」

彼が言うには、高須さんが担当するのは大きな企業の訴訟が多く、ほとんど個人の依頼を受けている余裕がないのだと言う。

その代わり、困っている人は事務所のパートナー弁護士が担当し、無料相談会なども彼らが主になって催しているらしい。

「弁護士は、一般の人からは敷居が高い。そういうイメージを変えるには、もっと力をつけなければ」

だから、日本四大事務所の一つであるお父さんの事務所を継ぎたいわけか。

初めて会ったときはだいぶお金にシビアな人だと思った。しかし彼は、お金本位で物事を考えていたわけではなかった。彼は彼の理想で生きているのだ。

高須さんの横顔を見ていたら、胸が熱くなった。彼の夢が叶うかどうかは、私に半分かかっているのだ。

「夢が叶うといいですね」

「君もな」

運転する高須さんの口元が、微笑みの形になった。

私が水族館で語った夢なんて、彼の夢に比べたらどれだけちっぽけなんだろう。

私は結局、自己満足の世界で生きている。

でも、彼の力になれたら。彼と一緒に、大きな夢を見られたら。私も変われるかもしれない。

マンションの前でハザードを点滅させた彼の車から降りようとシートベルトを外す。

「今日は楽しかったです。またデートしましょうね、高須さん」

少し一緒にいただけで、彼の意外な面も見ることができた。なんとなくだけど、これからも仲良くできそうな気がした。

とりあえず、友達になるという第一関門は突破できたよね。

笑いかけた私につられるように、高須さんも微笑みを返す。

「俺といて楽しいなんて言ってくれたのは、君が初めてだよ」

「そうですか？」

高須さんが、私に対して敬語を使わなくなった。まだたまに混じるけど、一晩でだいぶ少なくなった。

「俺の方こそ、君といられて楽しかった。どうもありがとう」

「い、いえ、そんなお礼なんて」

私の方こそ、楽しかったと言ってくれたのは、高須さんが初めてのような気がする。

潤一はそういうことは言わなかった。今思えば、笑顔も言葉も、すべてがうわべだけのものだったのだ。

「また連絡する」

高須さんが、前触れなく眼鏡を外した。レンズが一枚なくなっただけなのに、まるで目の前で服を脱がれたようにドキドキする。

彼の目線に、縫い留められたように動けなくなった。

私の頬に、彼の手が伸びる。引き寄せられるまま、私と彼の距離がゼロになった。

重なった唇は、思っていたよりもずっと温かい。しかしその温度を記憶する前に、すっとそれは離れていった。

「おやすみ」

頭を撫でられ、我に返った。

私、高須さんにキスされた。

ドッドッと、激しく鳴る鼓動。口から心臓が出てきそうとは、このことか。

急に照れくさくなった私は、彼と目を合わせられなくなり、うつむいた。

「帰らないのか?」

「ちょ、ちょっと落ち着いてから……」

「帰らないなら、このまま連れ去るけど、いいかな」

耳元でささやかれ、びくっと体が震えた。

高須さんって、こんなに甘い声を出せるんだ。私の理性を麻痺させる、悪魔のささやき。

「か、帰ります。今日は帰ります」

「うん。おやすみ」

二度目のおやすみを言った彼から離れ、車を降りた。

運転席で眼鏡をかけ直した彼は、こちらに小さく手を振り、行ってしまった。

私は彼の車が見えなくなるまで、ぼんやりマンションの前で立ち尽くしていた。

四章　覚悟を決めて

翌週土曜。

私はいつになく緊張していた。

新しいワンピースを纏い、髪をまとめてリボンをつけた。潤一にすっぽかされたときと同じ装いだと縁起が悪いので、そのときのアイテムは封印してある。

「うう～ん……大丈夫かな？」

清楚には見える気がするけど、授業参観のお母さんにも見えるような。

おとなしすぎるかな。でもおとなしいくらいでいいよね。

いやでも、おとなしいイコールつまらないと思われてもなあ。実際つまらないかもしれないけどさ。

鏡の前で何度も髪やメイクを確認していると、ローテーブルに置いておいたスマホが鳴った。

慌てて電話を取ると、低い声が聞こえてきた。

『今下に着いた。もう出てこられるか？』

私はマンションのベランダから下を見た。エントランスの前の道路に、高須さんの車が停まっている。

「はい、今すぐ行きます！」

バッグを掴み、鍵をかけ、私はエレベーターに乗り込んだ。

外に出ると、待っていた高須さんが微笑む。今日のスーツには、弁護士バッジがついていない。

「すみません、お待たせして」

もう少し早く出て、外で待つつもりだったのに。

「いや、時間通りだ。行こう」

私たちは車に乗り込み、目的地へ向かう。双方の実家からちょうど真ん中くらいの距離にある料理屋さんだ。

あまり高級な店だと、うちの両親が緊張してカチコチになってしまいそうなので、少しカジュアルなお店にしてもらった。

ちなみにおばあちゃんは、まだコルセットが取れないので今日は留守番。実家には叔母さんが来てくれているらしい。

「ああ、緊張しますね」

助手席で深呼吸をしている私に、高須さんはいつもの平坦な口調で言った。

「普通にしていればいい。俺がフォローする。ぼろが出るといけないから、話しすぎないようにしよう」

いや、契約結婚ということがバレるバレない以前に、普通に緊張するよ。婚約者のご両親に会うんだもの。

しかもお父さんは日本四大弁護士事務所の経営者兼弁護士。そして、お母さんは正妻ではなく愛人。

平凡すぎるうちの両親と、話が嚙み合うのかな。その子である平凡な私は、嫁と認めてもらえるのか。

お父さんは女系遺伝子にこだわりがあるみたいだから、その辺はいいと思うけど、お母さんはどうだろう。

「そういえば、いつもの呼び方は今日はダメだから」

「はい？」

いつもの呼び方……「高須さん」じゃまずいかな。

「だって、誰のことだかわからなくなるだろ。母も高須さんだから」

「あ」

そうか。結婚していないから、お父さんは違う苗字か。それはまたややこしいな。

「じゃあ……亮平さんと呼べばいいですか？」

聞いてから、急に恥ずかしくなった。さらっと呼んでしまったけど、出会って初めて名前を口に出した。

「ああ。俺も君に対しては敬語が出ないように気をつける」

運転しているから横顔しか見えないけれど、名前を呼ばれた彼はなんとなく機嫌がよさそうに見えた。

どうかうまくいきますようにと願い、緊張がまったく解けないまま、三十分後の十二時ちょうどに目的地に着いた。

お店の前に、うちの両親が立っていた。両親は私の姿を見つけ、ホッとしたような顔をした。やはり緊張しているようだ。

「初めまして、高須亮平です。この前は急な仕事でご迷惑をおかけし、申しわけありませんでした。おばあさまのお怪我は大丈夫ですか？」

柔和な物腰で、スラスラと嘘を並べ立てる高須さん。さすがというか、なんというか。

呆気に取られそうになったけど、私も調子を合わせないと。必死でにこにこしていると、両親はふたりとも顔を赤くして高須さんに返事をした。

「ばあちゃんは大丈夫ですよ！　いやあ、なんという男前だ。環奈、お父さんはびっくりだよ」

「男の人でも見惚れちゃうわよねえ。初めまして、環奈の母です。環奈がこんなに素敵な方と付き合っていたなんて信じられません」

背の高い高須さんを見上げ、笑顔を浮かべる素朴さ丸出しの両親。

私はお母さんの最後の言葉に勝手にギクッとした。

そうだよね、信じられないよね。自慢じゃないけど、今まで彼氏がいたこともないんだもん。

学校では地味な存在だったし、好きな人ができても自信がなくて告白もできなかった。

お母さんはそのことを知っているから、私がこんな素敵な人を捕まえたということが信じられないのだろう。

「思っていた通り、優しそうなご両親だね」

語尾の口調まで変えて、こちらに笑いかける亮平さん。

「あはは。そうだね、いい両親だと思うよ」

平凡すぎるけど、私にとってはいい両親だ。

両親は私に肯定されて、ますますうれしそうに頬を緩めていた。

「あら、もうみなさまお揃いで」

背後から聞き慣れない声が聞こえて振り返る。と、そこには胸元がシースルーになったセクシーなドレスの奥様が。

私は息を呑んだ。彼女の顔は、亮平さんと瓜二つだった。

整っているというひとことでは表せない。まるで竹久夢二《たけひさゆめじ》の描く女性のようだ。現実味がない美人と言えばいいのか。

亮平さんを二十代半ばで生んだとすれば、今の年齢は五十歳過ぎ。しかしまったくそのようには見えない。

その横にはさらに、がっちりした体型の男の人が立っていた。

健康的に日焼けした肌に、白髪交じりの短髪。皺の少ない顔。六十歳と聞いていたけど、そうは見えない。

「は、初めまして」

私と両親が同時に上ずった声を出してしまった。ゴージャスな亮平さんのご両親に、完全に気圧されている。

「初めまして。まあ、そう緊張せずに。中に入りましょう」

両親に声をかけ、あろうことか入り口のドアを開けてくれる亮平さんのお父さん。

私たち平凡家族は恐縮してペコペコしながら、そそくさと中に入った。

店員さんに案内された個室に、六人分の椅子と大きなテーブルが用意されている。

ええと、上座ってどっちだっけ。

テンパっている私たちに亮平さんがテキパキ指示を出す。全員着席するとすぐに飲み物が運ばれてきた。

「ええ、ではこのたびは若いふたりが結婚を決めたということで。誠に喜ばしい日を祝して。乾杯」

まるで結婚式本番のような挨拶をしたのは、亮平さんのお父さんだ。

乾杯すると、次々に料理が運ばれてくる。

色とりどりのお寿司に、数種類の小鉢、小鍋、お刺身、茶わん蒸しなどなど。すぐにテーブルの上がいっぱいになった。

「こちらが横尾環奈さん。と、そのご両親です」

「かわいらしいお嬢さんね。ご両親に大事にされているのが雰囲気でわかるわ」

亮平さんに紹介された私を、美しいお母さんが笑顔で見ていた。褒められて、余計に緊張する。

「環奈さんは大手広告代理店でデザイナーをされているとか。ご立派ですね」

「いやいやいや、小さい頃から絵ばっかり描いてたら自然とうまくなっただけなんですよ。亮平さんこそ弁護士さんとはすごすぎます。いったいどこでお知り合いになったのか……」

亮平さんのお父さんにビール瓶の口を向けられ、震える手でお酌を受ける、うちのお父さん。緊張しすぎて敬語がおかしくなっている。

「僕の同級生が、環奈さんの同僚でして」

「なるほど、その方の紹介だったんですか」

「はい」

またギリギリ嘘にならないようなところを攻めていく亮平さん。聞いている方がドキドキする。

緊張してしまい、せっかくの料理も味がしない。いや、おいしいんだけど、じっくり味わっている心の余裕がない。

どんな学生だったのかとか、両親はそれぞれどのような仕事をしているとか、おばあちゃんの容体はどうだとか、最近の時事ネタとか、当たり障りない会話をして、時間が過ぎていく。

相手のご両親はうちの平凡家族を見下すような発言はしなかった。

私だったら、こんなに立派な息子がいたら、自慢せずにいられないだろう。

そういうことは一切しないので、逆にすごい。特にお父さんは弁護士だけあって、コミュ力が高い。

亮平さんのお父さんは愛人をたくさん囲っている変わり者だし、お母さんも長年の愛人生活でひねくれていると思っていた。が、今はそうでもない。ただの親密なゴージャス夫婦に見える。

「結婚式はいつにしましょう？　海外で身内だけ呼んでするのもいいな」

そして、うちの両親よりノリノリで結婚の話を進めていく亮平さんのお父さん。

「あなた、先に結納をしなきゃ」

慌てすぎだと止めると思いきや、違う角度から切り込む亮平さんのお母さん。

「いや、そんな大げさなことはしなくても」

「結納の儀式なんて、今ではほとんどしませんよ。式はもう少し落ち着いたらしたいですね。おばあさまの体調がよくなってから考えましょう」

恐縮するうちの父を、亮平さんがサポートする。

「そうね。おばあさまが出席できなきゃいけないわ。お孫さんの結婚式ですもの」

「じゃあ、あとの段取りはふたりに任せるということでいいでしょうか?」

亮平さんのお父さんがそう言ったとき、亮平さんが小さく手を上げた。

「もしご了承いただけるなら、このあとすぐに入籍させていただきたいのですが」

彼はスーツの胸ポケットから、小さく折りたたまれた紙を広げ、みんなの前に出した。

「婚姻届です。ぜひ証人の欄にサインをいただきたいと思いまして」

この演出を聞かされていなかった私は、唾をごくりと飲み込んだ。今さらながら、彼の本気度が伝わってくる。

婚姻届の証人欄をお父さんに記入してもらうことで、本当の結婚だと思わせたいのだろう。すでに亮平さんの名前と住所が書かれている。

「環奈さんの名前が書いてないじゃないか」

「ええ、驚かせようと思って」

亮平さんが目配せをした。調子を合わせろということだ。

「じゃあ、私が先に書きますね。緊張しちゃうな」

用意のいい亮平さんが、さっとペンと朱肉を差し出してきた。

印鑑はいつもバッグの中に入っている。亮平さんと会うときは裁判用の書類に捺印を求められることがあるので、携帯しているのだ。

自分の名前を書き入れる際、演技ではなく本当に緊張して手が震えた。

これを提出したら、私たちは戸籍上夫婦になる。死んでも白紙に戻すことはできない。

ここで間違えたらえらいことだ。当然潤一とも書いたことがなかったので、失敗しないように慎重に筆を運んだ。名前と住所を書いただけで、額に汗が滲んだ。

やっと書き終えると、隣にいるお母さんに渡す。お母さんは「こんな大役を」と、紙をお父さんにパスしてしまった。

お父さんも緊張した面持ちで記入を終え、お母さんに借りた印鑑を押した。お母さんは普段から忘れ物が多いので、いつもバッグに印鑑と財布とカードケースをセットで入れている。

うちのお父さんが捺印したそれを、正面に座る亮平さんのお父さんに差し出す。

「私でいいのか？」

亮平さんのお父さんが確認するように、亮平さんの方へ首を傾げた。自分でいいのか、という意味なのかな。

証人欄は、二十歳以上の成人であれば誰でもいいので、法的にはなんの問題もない。それは弁護士なのだからわかりきっているのだろう。亮平さんと彼のお母さんの気持ちへの配慮が見られる。

「お父さんでも、お母さんでも、どちらでも」

亮平さんは動じずに答えた。どちらの顔も潰さない答えだ。

「じゃあ、私が書こう」

「ええ。いい記念ですよ」

お母さんに促され、亮平さんのお父さんは流麗な文字で、ささっと記入を終えた。

「ありがとうございます。このあと役所に提出させていただきます。どうか末永く、よろしくお願いいたします」

亮平さんが立って深く頭を下げたので、私も慌てて立ち上がり、同じようにした。顔を上げると、うちの両親はこくこくと赤べこのように首を縦に振っていた。うれしそうな赤べこだった。

亮平さんの両親は笑顔で拍手を送ってくれた。

和やかな空気のまま、会食は終わった。デザートのアイスクリームと食後のコーヒーが、心を落ち着けてくれた。

二時ごろ店を出ると、亮平さんのご両親は、タクシーにふたりで乗って帰っていった。残された私と両親は、海よりも深いため息をついた。

「緊張したなあ……おい環奈、お前本当にあんなゴージャスな方たちの一員になれるのか？」

「さあ……」

実の父の質問に、曖昧な答えしか返せなかった。

私だって亮平さんのご両親に会ったのは初めてだったし、住む世界の違いを目の当たりにして怯んでいるところだ。

「高須さん、本当にこの子でいいんですか？　この通り、体は丈夫だけど、それ以外にこれといって秀でたところがない娘です。高須さんなら、もっといい家柄のお嬢さんを望めるのではないのですか？」

実の母が、本人を前に何気なくひどいことを言う。これといって秀でたところがなくて悪かったわね。

むくれる私を横目で見て、亮平さんは微笑んだ。

「僕は家柄などに興味はありません。父は社会的地位があるかもしれませんが、僕自身はちっぽけなつまらない存在です」

うちの両親は黙って真顔になった。彼の両親が戸籍上では夫婦ではないことを思い出したのだろう。

「こんなつまらない僕を、環奈さんはとても温かい気持ちにさせてくれます。笑わせてくれるし、家族思いだし。きっと、僕につらいことがあったら一緒に泣いてくれる。僕は彼女のそういうところが好きです」

私は信じられない思いで亮平さんを見上げた。得意のリップサービスかと思いきや、あまりに真っ直ぐな視線に動揺してしまう。

心臓がどくどくと強い鼓動を打つ。

好き……。好きって、人生で初めて言われた気がする。

いや、潤一は言っていたかもしれない。でもそれは嘘なので、カウントしないことにする。

亮平さんはどうなんだろう。まさか本気かな。本気だったらいいのに。

「だから、引け目に感じることなどなにもないんです。おばあさまにも、そう伝えてください。僕は環奈さんと、ごく普通の家庭を築くつもりです」

両親は、引き込まれるように亮平さんの話を聞いていた。やがて穏やかな顔になり、こくりとうなずく。

「娘をどうかよろしくお願いします」

お父さんが殊勝な態度で言い、礼をする。遅れてお母さんが頭を下げた。

「頭を上げてください。こちらこそ、よろしくお願いいたします」

亮平さんが背筋をぴっと伸ばした綺麗な礼をした。

どっちに向ければいいのかわからなかったけど、私も一緒に頭を下げた。なぜだか、胸がいっぱいだった。

両親がタクシーで帰っていったのを見送ってから、私たちは顔を見合わせた。

「無事に終わったな」

「はい。亮平さんのおかげです」

私はにこにこと愛想笑いをしていただけだ。難しい質問は、亮平さんがフォローしてくれることで切り抜けた。

「じゃあ、行こうか」

「え、どこへ？」

すたすたと歩きだしていた亮平さんは、こちらを呆れたような顔で見返した。

「さっき言っただろ。婚姻届を出しに行くんだよ」

「あっ」

震える手で書いた婚姻届を思い出す。あれって、ただのパフォーマンスじゃなかったのか。

「なに意外な顔してるんだ」

「いえ、無事に女の子を妊娠してから入籍するのではないかと思っていたので」

自然に赤ちゃんを授かれることは、奇跡だ。性別も私たちが選べるわけじゃない。

もし契約を破棄するしかない——たとえば、妊娠できなかったとか——そういう場合に、戸籍上夫婦になっていると、別れるときに大変じゃないだろうか。

妊娠できるかどうかは、どこの誰にもわからないのだ。

「俺は、きちんと結婚した人と子供をもうけたい。しかし君がどうしても嫌だと言うのなら、少し考える」

亮平さんの表情が曇った。

ああそうか。彼のお母さんは、結婚をしないで彼を生んだのだった。きっとその辺りの込み入った事情による考えなのだ。

「いいえ、驚いただけです。嫌じゃありません。行きましょう」

戸籍にバツがつくくらい、大したことはない。いや、あるけど。ついている人は、日本中にわんさかいる。でも、みんな普通に生きている。負い目に思うことはない。

亮平さんは信用が第一の職業だから、バツがつかない方を選択すると思っていた。だけど彼自身がそこにこだわらないのなら、私に異論はない。

私が了承すると、亮平さんの曇っていた表情がパッと晴れた。

車に乗り、最寄りの役所をナビで設定して出発した。到着した区役所は、休日だからか閑散としている。

亮平さんに手を繋がれ、時間外窓口へ向かう。

外観からパッと見えないところにそれはあったけど、亮平さんは迷うことなく辿り着いた。

「お願いします」

「はい、婚姻届ですね。ではご本人を確認する書類と、戸籍謄本か戸籍抄本を見せていただけますか」

時間外窓口にいた頼りなさそうなおじさん職員に言われ、小さいバッグひとつしかない私は青ざめた。

印鑑と保険証は持っているけど、戸籍謄本なんて、常備しているわけがない。

「あの、亮平さん」

「問題ない」

亮平さんは持っていた仕事用バッグから、ふたり分の書類を取り出した。

「いつの間に！」

たしか「必要な書類を用意してください」と言われて戸籍謄本を取った覚えはある。けど、ここで使うためじゃなく、裁判に必要なのだと思っていた。

「君は危機感が薄い。詐欺師に狙われた理由がわかった気がするよ」

「ぐぐ……」

そりゃ、なにに使うのか確認をせずに渡した私の負けだけど、今そんなこと言わなくても。

そして、私はクライアントでもあるのだから、そっちに説明責任があるのでは？

言い返そうと思ったら、後ろに人が並ぶ気配がした。あまり時間を取ってはいけない。

気を取り直し、職員さんと向かい合う。

職員さんは老眼鏡をかけ、用紙を近づけたり離したりしながら、ゆっくり確認した。

「あら、ふたりとも住所が少し離れているけど、どうしてこの役所に？」

「ちょうど近くで用事があったので」

「そうですかそうですか。ともかく、おめでとうございます。今すぐ住民票を発行することはできませんが、きちんとやっておきますからね」

のんびりした職員さんに和む。

「よろしくお願いいたします」

私たちは声をそろえ、共に会釈してその場を去った。

「これで君と夫婦になれた」

「なったんですねぇ……」

ただ書類を提出しただけなのに、気持ちがふわふわして落ち着かない。私、本当に亮平さんと結婚しちゃったんだ。

「実感が湧かないって顔してる」

むにゅっと頬をつままれた。

「だって」

住所は別だし、知り合って間もないし。

「さて、これからもうひとつ寄るところがある」

「わかった！　不動産屋さんですね」

新婚さんといえば、新居でしょう。しかし私の予想は外れたようだ。亮平さんは首を横に振った。

「指輪を用意しよう。もちろん、婚約指輪と結婚指輪両方」

「ええっ！」

「安心しろ。これも必要経費だ。俺にすべて任せてくれ」

いや、お金のことではなく。別に彼の分の結婚指輪代を払いたくないわけじゃない。

結婚指輪は贈りあうものだから、私が彼の分を用意するのはいい。

しかし、もう入籍したのだから、婚約指輪はいらなくない？　急展開すぎてついていけないよ。

「すぐ使わなくなるかもしれないのに、もったいないですよ。両親には注文をしているけどまだ届かないとか、適当に誤魔化しておけばいいじゃないですか」

「いやダメだ。指輪は職場でも見られるし、式にも必要だ。使わなくなったら、海に捨てるなり質に入れるなり、君の好きにすればいい」

しれっと言う亮平さん。やっぱり庶民の私とは金銭感覚が違う。

大金をかけて買った指輪を、「好きにすればいい」なんて、普通の男の人はなかなか言えないんじゃないかな。

「じゃあ、安いのでいいです」

長くつけるなら、質のいいものが欲しい。けど、この場合はあまりにもったいない。雑貨屋さんで売っている、高校生カップルでも買えるような指輪で十分だ。遠くから見れば宝石もガラス玉もそう変わらない。

「いや、うちの母はそういうのを目ざとく見抜くから、本物でないと。婚約指輪は給料三か月分と言うよな」

「ひいいいい」

恐れ慄いてしまう。

サラリーマンの給料三か月分だって大金なのに、弁護士の三か月分ってどんなのよ。そんなの壊したり失くしたらどうするの。怖すぎる。

「いいです、そんなに高級じゃなくて、普通ので」

「普通、三か月分なんだろ？」

「それは昔から伝わる都市伝説のようなものです！」

「婚約指輪の代金は、新郎の給料三か月分でなくてはならない」なんて法律はない。

弁護士なんだから知っているはずだ。

恐縮して遠慮しまくり、車に乗ろうとしない私。

膠着状態を打破したのは、亮平さんの「ふっ」と小さく噴き出す音だった。

「まったく君は。もらえるものはもらっておこうとか、得したなあとか思わないんだな」

「え？」

「ずるい女性なら、喜んで高価な指輪をねだるところだ。君ももう少し狡猾に生きればいいのに」

そうか、そういう考え方もあるか。「もらえるならもらっておこう。ラッキー！」という人もいるのか。

「その方がいいですか？」

いいのかなあ。それって賢いしたたかな生き方かもしれないけど、私にはできそうにない。根っからの庶民だからかな。

見上げると、亮平さんは目を細めた。

「俺と離れたらな。一緒にいるときは俺が守るから、そのままのお人好しな環奈でいてくれ」

気分を害したふうでもなく、むしろどこかうれしそうに、彼は私の手を取って助手席にエスコートした。

降り立ったのは、プライベートで来たことがない地だった。

「ぎ、銀座《ぎんざ》……」

エレガントな大人が楽しむ街というイメージだったので……いや、正直に言おう。なんでもかんでも高そうなイメージだったので、遠ざけていたのだ。世界的に有名なブランドのショップが堂々と建ち並ぶ街並みに慄く。身分違いな場所に来てしまった。

「まさか、銀座で指輪を買うんですか？」

亮平さんは「最初からそう言っているのに」と言いたげな目をこちらに向けたが、結局黙っていた。いやいや、銀座だなんて聞いてませんでしたよ。

彼は一軒のお店の前で足を止めた。

まるでここへ来ることを決めていたようだ。他の店には見向きもせず、一直線に歩いてきた。

「あ、あああ……」

彼の後ろから顔を出し、掲げられた看板を見たら、泡を吹きそうになった。

そこは人気の海外ジュエリーブランドの店舗だった。

人気なだけではない。どの商品の値段も庶民からするとものすごく高いらしい。

一般市民ではなかなか手が届かないからこそ憧れるのであり、人気が出るのだ。

「亮平さん、亮平さん。どうしてここなんですか？」

もう少しお値打ちな店舗もあるのに、どうしてよりによってここなの。

心臓がどくどくと脈打って、汗だくで彼の袖を引っ張ると、彼はさらりと答えた。

「ここの時計が好きだから」

時計。そういえば、初対面のときにここの時計をつけていたっけ。

このブランドはもともと時計作りが得意で、その繊細な技術をジュエリー製作にも活かして、評価されたというのは知っている。

「婚約指輪はともかく、結婚指輪は俺も身に着けるんだから、ちゃんとしたものがいい」

「あ……そうですよね」

さっきも「職場で見られる」と彼が言っていた。

亮平さんは弁護士だ。しかも、事務所の最高責任者。身なりをきちんとしていないと、クライアントを不安にさせたり、逆になめられたりするのだろう。

ボロボロな見た目の弁護士に依頼するのは勇気がいるものね。

地位のある人も大変だ。私なんて、パソコンとスマホに頼りっきりで、ちゃんとした腕時計なんて持っていない。けど、不便に思ったことはない。

「堂々としろ。行くぞ」

私たちはついに店舗内に足を踏み入れた。

堂々としろと言われても、緊張しちゃう。

その一方で、広告デザイナーとしての自分が「芸の肥やしになるかもしれないから、見るだけ見よう」と語りかけてくる。

よし、行こう。これも社会勉強だ。

「いらっしゃいませ」

早速店員さんが近づいてきた。綺麗な大人の女性だ。身のこなしが優雅で、隙がない。

「お手数ですが、こちらにご記入をお願いいたします」

受付で名前や住所を書かされた。こんなお店、本当に初めてだ。

緊張しきっている私の代わりに、亮平さんが代筆してくれた。私の苗字は「高須」

になっていた。

「本日はどのようなものをお探しでしょうか」

「婚約指輪と結婚指輪を見せてください」

店員さんは亮平さんの身なりをさっと見て、「ご案内いたします」と建物の二階へ案内する。私はそのあとをつけていった。

「結婚指輪にはダイヤがついていないタイプもございます」

店員さんが指輪のコーナーを案内してくれた。説明されるままショーケースの中をのぞいて、倒れそうになる。

一番安い結婚指輪で二十万弱のものもあるけど、高いものは婚約指輪で五百万近く。何度も桁を間違えていないか確認してしまった。

「やはり輝きが違うな」

亮平さんは真剣にいくつもの指輪を見比べていた。店員さんがトレーに載せてくれたものを、手袋をして確認する。

どどどうしよう。ここで婚約指輪と夫婦の結婚指輪、計三点を買ったら、いったいいくらになるの。考えるだけで恐ろしい。

「君の指は細いから、あまりごつごつしたものより、華奢な方がいいだろうか」

「え、あ、そうですね！　石も装飾もついてない、つるんとした輪っかでいいです」

はきはきと言い返すと、店員さんが怪訝そうな顔をした。

あれれ。もしやこのお店に来る人でそういうのを求める人って少ないのかな。

ダイヤモンドのカットやセッティングの仕方が独特で、それがこのブランドの自慢だってさっき店員さんが言ってたものね。

「ふむ。たしかに普段の生活には装飾は少なめな方がいいな。しかし、ただの輪っかではつまらない」

ただの輪っかでいいってば。プレーンな指輪の内側に、結婚記念日を彫るくらいにしましょうよ。

と店員さんの前で言う勇気はなく、汗だくで彼の動向を見守る。

「これを見せてください」

しばらく商品を見比べたあと、亮平さんが店員さんを呼んだ。彼が指さすケースの中には、たしかに華奢な指輪がある。

しかし華奢なのはリングの細さだけで、小さくカットされたダイヤがぐるりと指輪の外側を埋め尽くすようにセッティングされていた。

「どうぞ、ご試着ください」

亮平さんが優しく私の左手をとり、薬指に指輪を装着した。

「わあ……」

自分の指のサイズに合わせたわけではないので少し余裕がある。落とさないように手を上げて見ると、ちかちかと指輪が輝きを放つ。

「綺麗」

素直な感想を述べると、亮平さんは満足そうにうなずいた。

「じゃあ、これで」

「即決!?」

「気に入らないのか？　見惚れているようだったから、てっきり気に入ったのかと」

「気に入らないわけないじゃないですか。ものすごく素敵な指輪だもの。でも、他のものは？」

よくよく値段を見ると、彼が選んだ指輪は百万円を少し超えている。

高い！　と叫びそうになるけど、あまりこういうお店で高い高い言うと、私だけではなく亮平さんもダサい庶民に思われてしまう。

ぐっと奥歯に力を込め、口を噤んだ。

「これが一番君に似合うと思う」

「そ、そうですか……」

亮平さん、値札見てるよね？　いや、見なくても買える身分なのか。

私はすぐに指輪を外して店員さんに返し、亮平さんは「それにします」と付け加えた。

「では婚約指輪は、この指輪と重ね付けできるタイプでいかがでしょう。セットだとより素敵ですよ」

店員さんが笑顔で言った。それが私には、悪魔の微笑みに見えた。

別に店員さんは私たちを騙したり、ぼったくるつもりはない。ただいいものをすすめているだけ。

わかっているのに、素直に受け取れないのは、私が庶民だからだろう。

膝が震えてきたので、椅子に座らせてもらった。ホッと息をついた私の前に、音もなくトレーが置かれた。

「こちらはいかがでしょうか。ご主人様が気に入っておられますが」

トレーの上に、光の塊が乗っていた。いや違う。これも指輪だ。強い輝きに目を焼かれそうになる。

その指輪には、結婚指輪と同じくプラチナのリングにダイヤが一周埋め込まれている。

そしてその上にラウンド型にカットされた大きなダイヤが鎮座していた。大きなダイヤの周りを小さなダイヤが取り囲む。

この指輪、雑誌の広告で見たことがある。パッと見でここの指輪だとわかる、有名なデザインだ。

もうこの何秒かで、どれだけ「ダイヤ」って心の中で言ったことか。

「うわあ、すごい。かわいい……」

雑誌の広告で見たときもかわいいと思ったけど、実物は想像以上だ。

世の中の女性が憧れるわけだわ。でも私が持っているどの服とも合わないし、つけて出かけるところもない。

もう少しシンプルなものにしましょうと提案する暇もなく、また亮平さんがはっきりと言った。

「これにします」

ひいいいい。

私は心の中で悲鳴を上げた。

値札を見ると、四百五十万円。高価すぎて試着もためらう。

だらだらと汗をかく私の横に、亮平さんは涼しい顔で座った。

「これ、花みたいに見えないか」

「花？　ああ、言われれば丸っこいお花みたいですね。タンポポとかマリーゴールドを彷彿とさせます」

亮平さんはこくりとうなずいた。

「俺を癒してくれる小さなかわいい花にぴったりだ。これ以外考えられない」

かわいい花って、もしかして私のこと？

いきなり飛び出した甘いセリフに全身が熱くなり、余計に汗が出てきそう。店員さんにも聞こえていたのか、照れくさそうな顔をしている。

亮平さん、ずっと真顔だけど本気で言っているのかな。それとも冗談？　さっぱりわからない。どうリアクションすればいいの？

「でも君が好きじゃないと言うなら……」

彼の表情に陰りが生じた。私は慌ててフォローする。

「好きです。かわいいと思います。でも私には豚に真珠というか、なんというか」

「誰が豚だ。君は花だ」

また照れくさいことを言われ、反論するタイミングを失った。

うちの両親と会ったときから、亮平さんがおかしい。初対面のときとは別人みたい。彼が私に心を開いてくれた結果なのか、結婚したというアピールを周囲にするための演技なのか、いまいちわからない。前者ならいいのだけど。

私がぼんやりしている間に、亮平さんがどんどん手続きをしていく。私は指のサイズを確認するときに手を出したくらいだ。

違う店のものとも比較して選びたかったとか、そのような思いはない。ただ、あまりにも身分違いな贈り物に呆然としてしまうのだ。

スマホの機種変などとは違い、指輪の完成には時間がかかる。ディスプレイをそのまま持ち帰れるわけではない。

すべての指輪ができあがったら連絡をくれるという約束で、私たちは注文書の控えを渡されて帰ることになった。

それを入れただけのブランドロゴ入りの紙袋でさえ、ものすごい重みを感じた。

店外に出てもきらびやかな世界からなかなか抜け出せず、放心状態の私の手を引き、亮平さんはスタスタと真っ直ぐに歩いた。

なんだか今日は信じられないことばかり起きている。

亮平さんが私の両親に最後に言ってくれた、「こんなつまらない僕を、環奈さんはとても温かい気持ちにさせてくれます」というセリフ。

そして宝石店では、私を花にたとえたりして。

どこまでが演技で、どこからが本気かわからない。お人好しで騙されやすい私からすると、まるで彼が私を溺愛しているように感じてしまう。

もしかして、私は夢を見ているのかな。

「契約結婚なのに、あんなに高い指輪買ってよかったんですか？」

「ダメなら、注文しない。俺は詐欺師じゃないからな」

詐欺師というか、むしろ魔法使いに見えてきたよ。初対面でドレスや馬車をさらっと与えてくれる、シンデレラの魔法使いみたいな。

とにかく今日は盛りだくさんで疲れた。両家顔合わせに、入籍に、指輪の注文。結婚するのって大変なんだな。

スマホで時間を確認すると、すでに午後六時を回っていた。さて、家に帰って適当に食事して、ゆっくり寝ようかな。

駐車場で彼の車の横に立ったとき、すでに瞼が重くなってきた私に亮平さんが言った。

「このあと、まだ時間はあるか？」

「あ、ええ……特に用事はないです」

まさか、今から新居探しや家電や家具を見に行こうとか言い出すんじゃ。

別居のままより、同居の方がそりゃあ……子供を授かる確率は高そうだよね。

「大きな露天風呂付き客室があるホテルを押さえてあるんだが、そこでのんびりしないか」

「えっ！」

まだ歩き回るのかなあと思っていた私は、お風呂と聞いて急に元気になる。眠かった頭が覚醒した。

「明日は休日だろう。たまには日常から離れた場所でリラックスしないか」

今日はもうじゅうぶん非日常を味わった。けど、それとこれとは別だ。

「はい、そうします」

リラックスしたい。思えば詐欺被害に遭ったと自覚した日から、ずっと心が忙しくて、一日も安らげる日はなかった気がする。

マンションのお風呂は狭い。だってマンションと言うのは名ばかりで、鉄筋コンクリート造りで防音されただけの建物だもの。広さは単身用アパートと変わらない。

ああ、大きなお風呂とお布団で手足を伸ばして、思い切り安らぎたい。きっと毎日仕事で忙しい亮平さんだって疲れているんだ。

あれこれ話をしながら、いつの間にか眠ってしまう私たちを想像する。いい。修学旅行みたいで、すごくいい。

妄想だけで頬が緩む。そんな私に、亮平さんも口角を上げた。

「よし、じゃあ行こう」

駐車場につくと、私は意気揚々と彼の車に乗り込んだ。が、すぐに眠くなってきた。今日一日の疲れが一気に襲ってきたようだ。

助手席で寝ちゃうなんて、失礼かな。ダメだ、起きてなきゃ……。

しかし意思とは反対に、瞼が勝手に閉じ、私は眠りの世界に旅立ってしまった。

どれくらいの時間が経っただろう。肩をとんとんと叩かれた刺激で目を覚ました。

「おはよう。目的地だよ」

ハッとした私は慌てて口元を拭い、姿勢を正して外を見た。が、普通の駐車場が広がっている。まるで駐車場から駐車場にワープしてきたみたい。

彼に続いて車から降りる。

そういえば、お泊まりする準備をしてこなかった。ホテル内にコンビニがあるといいんだけどな。

なんてのんきに歩いていた私は、連絡通路からホテル内に入って絶句した。そこには昼間の宝石店と似たようなきらびやかな世界が広がっていた。

露天風呂付き客室って言うから、もっと和風のしっとりしたホテルを想像していた。

ところがここは、完全に近代のホテルだった。

ロビーにはいろんな人がいるけど、親子連れや学生グループはいない。品のいい老夫婦や、質のよさそうなスーツを着たビジネスマン風の人々が多い。

「会員制のホテルだから、静かだろう」

「か、会員制」

会員制のホテルって入会金だけで百万円以上、年間使用料が数十万で、それとは別に宿泊料が数万もかかると聞いたことがある。

うーん、嫌だな。昼間の宝石店あたりから、私の頭は電卓になっちゃったみたい。

お金のことばかり考えている。

しかしもうここまで来てしまったら拒否するのもなんだし、恐縮しながらも覚悟を決めた。

カウンターで手続きを済ませ、キーを受け取りエレベーターホールへ向かう。コンビニに行きたいなどと言い出せる雰囲気ではない。

クラシックな見た目のエレベーターに乗り込み、亮平さんとふたりきりになると、やっと少しホッとした。

「今日は緊張してばかりです」

「そのようだな。もっと肩の力を抜けばいいのに」

抜けばいいのにって言われても。だって私、庶民だもの。慣れない場所は誰だって緊張するでしょう。

「私とあなたは、やっぱり住む世界が違うんですね」

今さらだけど、エリート弁護士と結婚するって大変そう。まず彼の感覚に合わせるまでにどれだけの時間がかかるかな。

「ご両親にも言ったけど、俺自身の生まれは大したことない。だから、そう異世界の人間みたいに言われると違和感を覚える」

「はい？」

「今の生活ができるのは、生まれた環境だけでなく、今までしてきたことの結果。ただそれだけだ」

少し機嫌を損ねたような亮平さんは、目的の階に着いてエレベーターを降りると、先にスタスタと歩いていってしまう。

その背中を見て、私は自分を恥じた。

お父さんは超お金持ちのエリート弁護士。生まれつきのセレブの息子は感覚が違うよな、なんてどこかで思っていた。

でも彼は、自分で努力して今の成功を摑んだのだ。有名私立幼稚園の受験に落ちても、挫けずにやってきた。

一方私は、実家で大事にされてぬくぬくと過ごしてきた。好きな絵ばかり描いていた。

危機感を覚えたことは、ほぼない。潤一にお金を取られ、貯金が残り少ないと実感したときに初めて、危機感という言葉の意味を知った気がする。

そんな私が、まるで自分の感覚が一般的みたいに考えていた。

彼の感覚に「合わせる」だって。なんて押しつけがましいんだろう。

「ごめんなさい」

私は立ち止まり、うつむいた。廊下に敷かれた絨毯の模様を見つめる。

「なにが」

前の方から亮平さんの声が聞こえた。

「住む世界が違うなんて言って」

彼の言う通り、相手を異世界から来た変わった人みたいに言ってはいけなかった。

「別に謝る必要はない。ただ、寂しかっただけだ」

「寂しい？」

どういう意味だろう。思わず顔を上げる。亮平さんはこちらを振り返り、眉間に皺を寄せて言った。

「私とあなたは合わないんだって、言われた気がした」

亮平さんの目の中に、ちらりと孤独の影がのぞいたような気がした。

「そ、そういう意味じゃありません！」

「そうか。ならいい」

彼は眉を開き、静かにうなずいた。

亮平さんは「もしお父さんからの援助が打ち切られたら」というプレッシャーの中で生きてきたのだ。のんきな私とは違って当たり前。

なら、今からお互いのことを知っていくしかない。

今日は私が驚きの連続でぐったりしてしまったけど、逆に彼が私の常識を非常識だと思ってげんなりする日も来るだろう。

それでも私たちは夫婦なのだから、お互いの常識をすり合わせて仲良くやっていくしかない。結婚って、そういうものだろう。

気後れしている場合じゃない。私はこの人の妻になった。それらしく振る舞っていいんだ。

覚悟を決めると、急にお腹が空いてきた。漂ってきた芳しい香りに、鼻孔をくすぐられる。

「ここはレストランフロアなんだ。部屋に行く前に夕食をとっていこう」

「賛成！」

もう午後七時になる。私の空腹は限界を迎えていた。

勢いよく右手を上げると、亮平さんが「挙手はしなくてよろしい」と言って笑った。

夕食は和洋折衷のビュッフェだった。

疲れたから軽めに済ませようと思っていたのに、気がつけばお腹いっぱいになるまで食べていた。

どれもこれもおいしかったというのもあるが、とどめは色とりどりのデザートコーナーだった。

ケーキやマカロン、ゼリー、チョコレートファウンテンなどなど。料理でおなかいっぱいになったあとに、さらに甘いもので追い打ちをかけてしまった。しかもちょっぴりお酒まで飲んだ。

「妊婦さんみたいなお腹になっちゃった」

ぽっこりと張り出たお腹をさすりながら部屋に向かう。亮平さんが慣れた足取りで目的の部屋まで案内してくれた。

「どうぞ」

ドアを開けてくれた亮平さん。私は重くなったお腹を抱えて中に入る。と、照明が自動で点いた。

「お邪魔します……って、え？　ええっ？」

廊下からドアを開けて部屋の中を見た私は、目をぱちくりしてしまった。

目の前に広がるのは、私が住むマンションの五倍くらいの広さがありそうな、豪華な部屋だった。

ガラス張りの壁の向こうには、ちかちかと光が瞬く。なにかと思えば、豪華な夜景だった。

ちょうど大きな電波塔の真上に三日月が乗っかり、オシャレなオブジェのように見える。

バルコニーに繋がるすりガラスのドアを開けると、露天風呂がそこにあった。真四角の浴槽はふたりで入ってものびのびできそう。

「すごい……」

それきり、私は声を失ってしまった。夜景から目を離すと、ダブルベッドが見えた。

ダブルということは、私たちここで一緒に寝るのよね。

お風呂に入ってバタンキューしちゃえば寝る体勢はどうでもいいと思うけど、やっぱりちょっと緊張する。

いびきとか歯ぎしりとかしたらどうしよう。

いろんなことを考えていると、後ろから肩を叩かれた。

「どうぞ、先にゆっくり風呂に入っておいで」

「いいんですか？」

「ああ。一緒に入りたいなら喜んで同行するが」

いやいやいや、初めてのお泊まりで、いきなり一緒にお風呂に入るのはキツイ。まだ明るいところで裸になれるような仲じゃない。

ぷるぷると首を横に振ると、亮平さんは「残念だな」と言ってソファにゆったりと腰かけた。

私は備え付けの化粧品やバスローブを持って、先にお風呂に入ることにした。

よくよく考えれば、ものすごく大胆なことをしていないか？　私。

外や室内から見えないようになっているとはいえ、ドア一枚隔てただけのところで、お風呂に入っているなんて。

しかもここを出たらすっぴんでノーブラだ。

亮平さん、がっかりしたりして。

すっぴんだと顔が子供っぽくなるし、ブラがないと盛っていた分がなくなるからなあ。

でもま、仕方ないか。がっかりされても。結婚ってそういうもんよね。結局いつかは見られちゃうんだもの。

広い湯舟に浸かっていると、心が開放的になってきた。詐欺でズタボロになっていた気持ちまで癒されるようだった。

「お待たせしました。どうぞ」

お風呂から上がった私は亮平さんの後ろをすり抜け、洗面台へ直行した。

私はアメニティでスキンケアをし、髪を乾かした。

亮平さんがお風呂に行った気配がしたので、部屋に戻ってバッグの中から化粧ポーチを取り出した。

眉の形をパウダーで整える。いつもより自然な仕上がりになるように気をつけた。

アルコールのせいか、胸がドキドキする。

ここに来るまで考えていなかったけど、よく考えればこれってそういう流れだよね。

だって、夫婦になった二人が初めて一夜を共にするんだもの。

早く女の子の赤ちゃんが欲しい彼は、一分一秒だって惜しいのだろう。だけど、入籍までは律儀に待ってくれていたのだ。

「そうか、そうだよね……」

きっと私はこれから、彼に抱かれる。

結婚し、子供を生む。それが私たちの契約だ。

覚悟を決めなくてはならない。私は亮平さんの妻になったのだ。

とはいえ、それこそ人生で初めてのこと。覚悟は決まっても、緊張はおさまらない。

深呼吸を繰り返していると、バタンとドアが閉まる音がして、息が止まりそうになった。亮平さんがお風呂から出てきたのだ。

バスローブのままで部屋の中をウロウロしていた私は、とりあえずベッドの脇で止まった。

亮平さんが近づいてくる。顔を上げると、彼のバスローブの合間から、鎖骨や胸の筋肉が見えた。

どくんと鼓動が跳ねた。急に恥ずかしくなり、自分のバスローブの胸元をギュッと握って合わせた。彼からも、私の肌が見えているかもしれない。

「環奈」

手首を優しく握られ、引き寄せられる。私は亮平さんの腕の中に閉じ込められた。

素肌同士が触れ合う慣れない感覚に、体が震える。

「やっと君を妻にできた」

顎を持ち上げられ、唇を奪われる。この前の優しいキスを思い出す。

彼の唇のぬくもりに身を任せていると、ぬくもりが熱に変わっていく。

熱いそれは私の唇をむさぼるように、深く重なった。

彼の舌が口腔内に侵入してきたとき、思わず身を引きそうになる。知らない感覚に溺れるのが怖かった。

覚悟を決める時間が短かったかも。

すっかり怖気づいた私は、彼の腕から逃れる術を探した。

だが亮平さんは私が離れるのを許さず、強く抱きしめた。頭の後ろに手を添え、激しい口付けを繰り返す。

口腔内を蹂躙されたあと、やっと唇を離された。

濡れた唇が懸命に酸素を求める。

激しく打つ鼓動を宥めようとしているのに、うまくいかない。彼に摑まってやっと立っている状態だ。

「契約を果たしてもらうよ」

彼と私の契約。

私が果たすべきことは、結婚して彼の子供を生むこと。

「はい……」

もう、逃げることはできない。

私がうなずくと、彼は私を優しくベッドに横たえた。

自分の眼鏡を外す亮平さんの顔に、一層胸が高鳴った。彼の素顔を見るのは、これが二度目だ。

私は彼の顔にそっと触れた。そこにはエリート弁護士ではなく、ただのひとりの男性がいた。

一瞬目を細めた彼に、再び口付けを繰り返される。バスローブのベルトを外され、直接触れられた素肌が熱くなる。

指や舌で翻弄され、いざ繋がろうというときに、私は身を固くしてしまった。

最初に、なにもかもが初めてなのだと言っておけばよかった。

あまりに慣れていない私の態度からなんとなく察したのか、亮平さんは私を安心させるように声をかけてくれる。

「大丈夫だ。大事にする」

必死にうなずいた私は彼の背中に手を回し、強くしがみついた。

これから慣れていけば、いつかは本当の夫婦みたいになれるかな？

そんなことを考えたけど、それもたった一瞬。

私は目の前の亮平さんのこと以外、なにも考えられなくなってしまった。

五章　順調すぎるほど順調な

初めての夜から一週間後、私は亮平さんと同居を始めることになった。

なんと、亮平さんの住処は、古めかしい和風の一軒家だった。お父さんに生前贈与されたものだという。

マンションから少しの荷物を持ってきた私は、玄関であんぐりと口を開けた。

「父の実家は代々の地主なんだ。俺が独り立ちをしたいと言ったら、くれた」

「土地に建物もついていたんですか？」

「そう。古い借家だったんだが、リフォームした」

モダンな空気が漂う和風の建物は、古い借家の面影を感じさせない。

しかし、男の人の一人暮らしで一軒家というのは意外だった。てっきりマンションだと思っていた。

「いきなり一軒家とは、すごいですね」

「人のものをもらっただけだから、すごくない。マンションやアパートは他人が近くにいるから嫌だったんだ」

彼が言うに、集合住宅での隣人トラブルの相談はあとを絶たないらしい。足音がうるさいとか、子供の泣き声がうるさいとか、上の階から水が漏れてくるとか。駐車場で他人の車にぶつけたとか、洗濯物を取られただとか。

もっとひどくなってくると、隣人が自分の生活を見張っているのではないかと疑心暗鬼になり、心を病んでしまう人もいるらしい。

そんな相談をクライアントから受けているうち、集合住宅は嫌だと思ったと、亮平さんは言う。

でもそれって、一軒家でも同じなのでは？

むしろ一軒家だと気軽に引っ越せないから、ちょっと変なご近所さんがいたらアウトだ。

彼のことだから、その辺も考えてマンションと比較した結果、一軒家に決めたんだろうけど。

亮平さんの一軒家は、他の家から少し離れているし、家の周りを囲むモダンな柵と庭木のおかげで、生活をのぞき見られる心配もない。

「それにしても広いですね。子供がふたり生まれても余裕そう」

家の中をひと通り見ると、空き部屋が三部屋くらいあった。

だから特に深い意味もなく言ったのに、亮平さんはにいっと悪役のような笑顔を作った。

「やる気満々になってくれて、うれしいよ」

それって……私が子供を生む気満々になっているってこと？

「別にそういう意味じゃないんですけど！」

私が子作りを積極的にしたがっているように聞こえたとしたら心外だ。

たしかに、ホテルで過ごした最初の夜は、なんて言うか……予想外にスムーズにいった。スムーズにいきすぎたと言ってもいい。

下手したら修羅場になると言われている初夜だが、私はほとんど苦痛を覚えずに終えてしまったのだ。

私がそういう体質なのか、亮平さんが器用だからかはわからないけど、苦労したのは序盤だけだった。

そのときのことを思い出すと、顔から火が出そうになる。

はっきり言うと、私は初めてだったのに、彼との行為に快感を覚えてしまったのだ。

数日前も、引っ越しの打ち合わせを仕事のあとにして、その後ホテルで抱き合った。

愛して結婚した夫でもない、お付き合い期間もない人と抵抗なく寝られるようになるなんて、以前の自分なら考えられなかった。

それだけ私は、亮平さんに惹かれているのだろう。

彼の仕事に対する真剣さだとか、普段は素っ気ないのに突然甘くなるところとか、本当は優しいところとか。

一緒にいる時間が増えれば増えるほど、私は彼に惹かれていく。

最初は冷たくて変な人だと思ったけど、最近はそんなこと全然ないと思う。

けれど、この優しさも契約が終了するまでだと思うと、切なくなる。あまり好きにならないように気をつけないと。いつか別れる日が来るかもしれないのだから。

必死に自分に言い聞かせていると、亮平さんに顔をのぞき込まれた。

「そういう意味とは、どういう意味かな」

「えっ。ええと」

しどろもどろになる私を見て、亮平さんが吹き出す。

「まったく君は、昼間は本当に純粋だな」

「昼間はってなんですか、昼間はって」

「夜は別人のようになるだろう？」

その言い方だと、私がすごく淫らな人みたいじゃない。そもそも、亮平さんが初めての人なんだから、私が淫らになったとしたら、亮平さんのせいだ。

意地悪な視線からぷいと目を逸らした。けれど亮平さんはそれを許さなかった。顎をとらえられ、強制的に目を合わされる。

「期待通り、お互いの体調がよければ毎晩営むことにしよう。俺も頑張るよ」

笑顔で言う亮平さん。

ま、毎晩って。体がもたないよ。

けれど結局、彼の悪魔のような魅力には勝てず、あっさり降伏してしまう自分が想像できた。


亮平さんの家から仕事場への所要時間は、前とそれほど変わらない。

難産だったＣＭの絵コンテは無事に採用され、今は映像部の方で制作が進んでいるらしい。次の仕事に取り掛かっていた私に、部長が声をかけてきた。

「横尾さん、じゃなかった高須さん。これ、人事の書類」

「あ、ありがとうございます」

そうだ。もう私は横尾環奈じゃない。高須環奈なのだ。まだ自分の中で定着していないのか、なかなか呼ばれ慣れない。

入籍してからすぐの月曜日に、部長に苗字が変わったことを告げた。

噂はすぐに部署内に流れ、みんなびっくりしていたけど、概ねポジティブな反応が多くてホッとした。

それはともかく、苗字が変わると面倒くさい手続きが多いことを痛感した。

免許証、保険証の書き換え。郵便物の送付先の変更。銀行の名義変更。職場に出す名前や住所変更の提出書類などなど。

佐倉先輩は、亮平さんが私に一目惚れして口説き落としたのだと、周りに自慢げに言っていた。

もちろん結婚詐欺の被害に遭って、弁護士の亮平さんと知り合ったことは言いふらされていないけど、いつ勢いでバラされるかとハラハラしている。

同情されるのも面白がられるのも微妙なので、詐欺の件はあまり知られたくはない。

「おばあちゃん、喜んでた?」

昼休みに佐倉先輩が寄ってきた。先輩はすでに一緒に暮らし始めたことも知っている。

「ええ、とても。よかったです」

顔合わせのあとに入籍したと両親に聞いたおばあちゃんは、その翌日に電話をかけてきた。ホテルでシャワーを浴びて、着替えを済ませたところだった。

『すごくいい人だったって聞いたよ。よかったねえ。会えるのを楽しみにしているからね』

何度もお祝いの言葉を述べてくるので、何度もありがとうと返した。そうしていると亮平さんが私の肩をつつき「代わって」と言った。

彼にスマホを渡すと、昨日両親と接していたときのように、穏やかに丁寧に、おばあちゃんに自己紹介と挨拶をしていた。

和やかに電話を終えたあと、少しの罪悪感が襲ってきた。

おばあちゃんはこの結婚が契約で成り立っているとは夢にも思っていない。もしすべてが白紙に戻ったりしたら、どれだけがっかりするだろう。考えると怖い。

微妙な表情をしていたのか、亮平さんが私の肩を慰めるように抱いてくれた。

このまま、いつか本当の夫婦になれたらいいのに。

そう思わずにはいられなかった。

「あいつ細かそうというか、潔癖そうだけど、生活の方はどう？」

佐倉先輩の声で我に返った。いけないいけない、おばあちゃんのことを考えるとすぐ上の空になってしまう。

「私もそれを心配していたんですが、今のところ大丈夫です」

私は大雑把な性格なので、繊細そうな亮平さんと暮らして、お互いに嫌な思いをしないかという懸念はあった。

が、彼は何事も細かくルールを決める人なので、そのルールを破らなければ大丈夫ということがわかってきた。

まず、家事を全部平等に振り分けた。料理も掃除も洗濯も、曜日を決めて分担した。

『もともと全部ひとりでやってたんだから、大丈夫』

亮平さんは忙しい仕事の合間にちゃちゃっと家事を済ませていたらしい。

それは嘘ではないらしく、あの一軒家に雑然としたところは見当たらなかった。

そもそも、物が少ないのだ。ただ、法律関連の書籍だけは豊富にあった。

『毎日料理をする必要はない。俺も普段は外食かテイクアウトだから、君もそうしたらいい』

この提案はありがたかった。

正直、仕事をしながら朝晩完璧な食事を作れって言われたらつらいなと思っていたからだ。

「そっか。高須は環奈みたいな人を探していたのかもしれないね」

先輩は笑顔を浮かべ、自分のデスクに戻っていった。

苗字が高須になり、同居を始めてから一か月が経った。

同居してみてわかったのは、亮平さんの仕事が本当に忙しいということだ。

出勤時間は私と一緒だけど、帰宅時間は九時を超えることもある。

昼は裁判所へ出向いたり、クライアントと打ち合わせ、示談の交渉、企業の株主総会、合間にメールチェックや返信をしたり書類を作るなど、息吐く暇もないくらい。

もちろん守秘義務があるから、どのような案件に関わっているのかは教えてもらえない。

そのような激務から帰ってきてからも、勉強をしているときがある。

なぜなら法律は変わったり、新しいものが追加されたりするから。常にアップデートをしていないと、弁護士として成り立たないという。

私には想像もできない、大変な仕事なんだなあ……。

と思いつつ、亮平さんから帰りが遅くなると連絡があった日は焦る必要がなくなるので、のんびり夕食を作ったりする。

ひとりで食事をとることになった日は、少し寂しい。

テレビをつけてぼんやり食事をしていると、一人暮らしのときとなにも変わらないなと思う。

今日もそのような日で、自分で作った食事をなんの感動もなくもそもそ食べていると、テレビで「警察三百六十五日」という番組が始まった。

深夜のコインランドリーに現れた下半身露出男が連行されていく様子や、麻薬取締班の職務質問から取り調べ、違法営業をしている風俗店への捜査など、実際にあった事件の映像にモザイクをかけて放送する、よくあるやつだ。

そういえば、潤一の件はどうなっているだろう。

亮平さんは「調査中だから、あやふやなことは話せない」の一点張りで、進捗がどうなっているか、まったく教えてくれない。

彼の補助をしている鳥居さんとも、証拠を提出するためのやりとりをしたくらいで、同じくこれといった進展がない。

起訴する相手の居所がわからない、というのが理由らしい。偽名を使っていた可能性があるため、滝川潤一という名前の人間が本当に存在しているか、というところから調べているという。

ちなみにおばあちゃんのコルセットは外れ、骨折はよくなったそうだ。私の結婚の報告を聞き、めきめき元気になると思いきや、別の問題が発生した。

今度はケアマネさんを通じて借りた介護ベッドに、幽霊が憑いていると言い出したという。

今までスピリチュアルめいたことはあまり言わなかった人なので、家族中びっくりしてしまった。

そりゃあレンタルの介護ベッドだから、過去にその上で亡くなった人がいないとは言い切れない。けど、自分の目で見ないことには信じられない。

おばあちゃんは「幽霊が耳元で騒ぐので眠れない」と主張し、家族は「気のせいだ」と宥める。するとおばあちゃんは「信じてもらえない」とへこむ。実際、不眠気味になっているらしい。

私的には本当に霊がいるとは思えない。見えないし感じない体質だから。

骨折をきっかけに弱ったおばあちゃんの心が、幻覚を見せているんじゃないかなと思っている。

家族はあまりひどければ物忘れ外来——認知症かどうかを検査できる——に連れて行くと言っているけど、それも本人のプライドを傷つけないか心配だ。

ただの圧迫骨折が、こんなに高齢者のメンタルに影響するとは思わなかった。おばあちゃんになにかあるたび、私は潤一を思い出し、怒りを再燃させた。

あいつは絶対に許さない。なにも悪いことをしていないおばあちゃんをがっかりさせ、怪我をさせた。

ご飯の味がしなくなってきたので、クイズをやっている番組にチャンネルを切り替えた。

その瞬間、玄関のドアが開く音がした。ハッとして立ち上がり、そちらに向かう。

「おかえりなさい」

「ただいま」

靴を脱ぎ、ネクタイを緩めながら中に入る亮平さん。今日もお疲れのようだ。

彼はまず、お風呂に入ってから食事をとる。彼が浴室に行ってしばらくして、食事を温めた。テーブルにすべて配置し終えたとき、亮平さんがリビングに入ってきた。

「ありがとう。すごいタイミングだな」

「へへへ。だいぶわかってきたんですよ」

褒められてニヤニヤした私も、食事の続きをするために席につく。テレビは消した。

「自分の分くらい自分でできるから、ゆっくり食べていていいのに」

「いずれそうなるかもしれませんね。そのときはお願いします」

子供ができてそっちに手がかかったりすると、旦那様のことはほったらかしになるかも。そのときに本当に協力してくれるといいな。

お互いに今日の職場であったことを話しつつ、私が作った大して上手でもない普通の食事をする。

亮平さんはいつも、私が料理をすると喜んで食べてくれているように見えた。演技かもしれないけど、それでもいい。

彼は自分の仕事には恐ろしいくらいストイックで厳しいけど、私に対しては完璧を求めたりしない。

彼もそうやって息抜きをしているのかなと思う。家の中も完璧にしなきゃと思うと余計に疲れちゃうものね。

食事を終えて食器を食洗器にセットし、自分もお風呂に入った。

亮平さんは最初こそ「毎晩営む」なんて言って私を慄かせたけど、実際は勉強に夢中になって部屋から出てこなくなる日もあった。

と思って安心してちょっとお高めなボディクリームを塗って寝ていたら、あとから来た亮平さんに襲われたことがある。

結局あとでシャワーを浴びてしまったので、クリームは綺麗に洗い流されてしまった。

いつも浴室から戻るときが、一番緊張するかもしれない。さて、今夜はどうなるか。

まだ早い時間なので、リビングに戻る。食洗器の運転音が聞こえてきた。

亮平さんは本を読んでいた。ただそれだけで絵になる。

私は彼の横を通り、冷蔵庫を開けて炭酸水を取り出した。

「そういえば、亮平さんが帰ってくる前に、宅配が届いたんです」

「宅配？ なにも注文してないけど」

彼は専門書籍を取り寄せることがしょっちゅうあるけど、今日届く予定のものはないという。

「お義母さんからみたい」

届いた箱を隅から運ぶと、亮平さんは怪訝そうな顔をした。

「母が？」

実のお母さんからだもの、宅配が届いてもなにも不思議じゃない。けれど彼は、まるで爆発物を取り扱うように、慎重に箱を開けた。

「なにが入っていたんですか？」

場の空気を明るくしようと、テンション高めに話しかけた私は、箱の中身を見て固まった。

亮平さんが入っていたセロファンの包みを破る。

「エプロンだ」

それは昔のホームドラマに出てきそうな、白いフリフリのエプロンだった。

ザ・新妻って感じ。

かわいいけど、私の趣味とは少し違う。

しかし私が固まった理由は、その横にあったものだった。

「まむしドリンク。マカのサプリメント。わかりやすいな」

いわゆる精力がつくと言われているものだ。

「早く孫を作れ」という圧力をビシバシ感じる。

「でもどうして、エプロンも？」

「さあ。まだなにかある。……なんだこれは」

亮平さんが開けた包みから出てきたのはなんと、下着だった。

私の常識ではありえないようなどぎつい赤紫色で、上下セットになっている。

ブラに大きなリボンがついているので引っ張ってみると、リボンがほどけ、ぺろんと先端が開いてしまった。

「ひゃあっ」

私は慌ててめくれた部分を直した。

なにこれ。なんの用途で先端が開くの？

「あっ、もしかして授乳用？」

ぽんと手を鳴らした私に、亮平さんが別の布を広げて見せた。

「違うようだな。こっちはありえない部分に切れ込みが入っている」

なにも守れないような透け感満載の素材のパンツの中に手を入れ、切れ込みの部分を示す亮平さん。

「ぎゃうっ！」

なぜに一番守ってほしい部分に切れ込みが？

わけがわからないけど、これがいわゆるセクシー下着だってことはわかった。

「まさかこっちは、裸エプロンのための」

「やめてやめて、ストレートに言わないで！」

亮平さんが視線を移したエプロンをばさりとかけ、お色気ムンムン下着を隠した。

お義母さん、息子夫婦にこんなものを送りつけるなんて。完全にハラスメントだよ。

「申しわけないけど、しまっておきましょうねっ」

その場の空気に耐えられず、エプロンと下着を箱に詰め、持って立ち上がる。

「ま、そんなものなくても俺は大丈夫だが……」

冷静な顔で、亮平さんがさっと箱を奪う。

「そうだな。君がなにか悪いことをしたとき、おしおきとして使おう。そうしよう」

「ええ~っ？」

「だって、普段使いは嫌なんだろう？」

私は思い切り首を縦に振った。

大人のビデオじゃあるまいし、素肌にエプロンとか、防御力ゼロの下着とか、本当にムリ。

「じゃあ、特別なときのために取っておこうな。せっかく母が送ってくれたんだし」

「うっ」

お義母さんのことを言われると弱い。一気に捨てづらくなった。

「じゃあ、ずっといい子にしてます」

セクシー下着を回避するには、それしかない。

「ムリをしなくていいんだよ」

亮平さんはクスクスと笑っていた。

数日後。

仕事から帰ってきた亮平さんが、玄関から私の名を呼んだ。

「環奈」

「なに？」

「お待ちかねのもの」

彼は背中の後ろから、大きな紙袋を差し出した。

「あ、指輪！　受け取ってきてくれたんですね」

紙袋のロゴで、中身がなにかすぐにわかった。

指輪が合計三つしか入っていないのに、どうしてこれほど大きな袋が必要なのかと思うくらいのサイズの袋だ。

「記念品のジュエリーボックスと、リングピローと、あとなにか粗品をくれた」

「なるほど」

「ともかく、主役の指輪を見てみよう」

共にリビングに移動し、彼が袋の中から白い箱を取り出す。

試着したときから時間が経っているので、実物はどんなものだろうとドキドキした。

私が横に座ると、亮平さんが箱を開ける。私はそれを、じいっと見ていた。

現れたのは、まばゆい光を放つダイヤモンドがついた指輪。試着のときより不思議と輝いて見える。

「わあ……。落ち着いて見ても、やっぱり緊張しますね。ものすごく綺麗」

身の丈に合っていない指輪の箱を渡されると、ずっしりと重いような気がしてくる。

「こっちが結婚指輪。常につけてもらうのはこっちだな。手を出して」

亮平さんは私の左手を取ると、少し緊張したような面持ちで、薬指にそれをゆっくりと装着した。

私の指の周りを小さなダイヤが囲む。その輝きで、手が発光しているように見えた。

「よく似合ってる」

彼が満足そうに微笑む。

「ありがとう……」

手をかざし、じっくりと見る。じわじわと、胸が熱くなった。

これが、私と亮平さんが結婚したという証になるんだ。

年を取って、この手がしわしわになるまで、つけていたい。そう思った。

「俺のもつけてくれないか」

「はい」

慎重に亮平さんの分の指輪をつまみ、彼の左手薬指に装着する。彼のものは、装飾がないシンプルなタイプだ。

ごつごつした彼の指の関節を通過し、なんとか付け根まで指輪を通すと、ホッと息をついた。

亮平さんを見ると、彼は感慨深げに目を細めていた。

「亮平さんも似合ってます。失くさないように気をつけなきゃ」

掃除をしたりするときに、やむを得ずに外すこともありえる。そういうときにどこに置いたかわからないなんてことにならないようにしなきゃ。

せっかく彼がくれた、大事な結婚指輪だもの。

生まれてこのかたずっと大雑把だったので、自分が信じられない。失くしてしまいそうで怖い。

「そうだな。お互いに気をつけよう」

亮平さんも珍しく神妙な顔つきをした。彼なら、お揃いの指輪をずっと大切にしてくれそうだ。

彼は普段、契約のことは言わない。ただ、普通の夫婦のように接してくれる。

だから私は、いつも錯覚しそうになる。

もしかして亮平さんも、私と本当の夫婦になりたがっているのではないかと。

でも私は、それを信じきって期待するほど、自分に自信を持っていない。過去に潤一に騙されていることが、私を臆病にさせる。

契約結婚だということを、忘れないようにしなくちゃ。私自身が傷つかないために。

考えるほど切なくて、私は指輪を見つめるようにして、うつむいた。

「環奈」

名前を呼ばれ、顔をそちらに向けた。と同時、唇を奪われていた。自然すぎる動きに、反応すらできなかった。

「寝室に行こう」

愛しそうに私の手を握る亮平さん。抗えない引力を持った、眼鏡の奥の瞳。

私はうなずき、彼と共に立ち上がった。

二か月後。

いつも順調に来ていた生理が遅れた。それに気づいたとき、信じられないほど体中が熱くなった。

まさか、こんなに早く？

落ち着け、落ち着け。一日じゃまだわからない。

私はカレンダーの前で深呼吸した。

一週間待ってみた。でも、やっぱり生理が来ない。私は満を持して、ドラッグストアで買った妊娠検査薬を使ってみることにした。

息苦しいほどの緊張を覚える。

亮平さんがいない夕方に、自宅で検査薬を使った。

結果が出るまでの時間が、すごくゆっくり流れているように感じた。たった一分待てば結果が出るのに、半日くらいトイレに座っていた気がする。

一分後、平らに置いておいたそれを取る手が震えた。

果たして、検査薬スティックの窓に、陽性を示す赤紫色の線が表れていた。

つまり、私は妊娠しているということだ。

どくんどくんと胸が破裂しそうなほど高鳴った。

同居を始めて、たったの三か月。順調すぎるほど順調な妊娠。

亮平さんの赤ちゃんが、自分のお腹の中にいる。

そう思うと、下腹部をさすらずにはいられなかった。

自分が今までとは別の生き物になってしまったような感覚に戸惑う。

普通の結婚だったら、もっとポジティブな感情が湧き上がったのだろうか。

私自身も、契約結婚であろうと、子供を授かった瞬間はうれしさが最初に来るのかな、なんて思っていた。

しかし現実に感じたのは、強い戸惑いと不安だった。

これから、自分の体と、自分と亮平さんの関係がどう変わっていくのか。想像がつくような、つかないような。

私は深い深い息を吐き、個室の天井を見上げた。

次の日、私は亮平さんに内緒で仕事を休んだ。入社以来、急に仕事を休んだのは初めてだった。

予約なしでも診てくれる病院をネットで探し、午後からそこへ向かった。

診察の結果、小さな胎嚢がエコー画面に映った。

間違いなく、私は妊娠していたのだ。

「分娩予約、どうなさいます？　すぐにいっぱいになってしまうので、今されておくのがいいと思いますが」

診察後すぐにそう言われ、とりあえず予約しておくことにした。

産婦人科のロビーは、お腹の大きい人もそうでない人もいる。

きっと私だけが不安ではないはずだと思うと、だいぶ落ち着くことができた。妊娠が事実だと確認できたことも大きいだろう。

母子手帳をもらうまでは保険適用外で全額実費になるため、帰りの受付で高い診察代を請求された。

領収書と一緒に、エコー写真を入れておけるポケットアルバムを渡された。中には今日写った小さな胎嚢と、粒みたいな胎児のエコー写真が一枚入っている。

そうかあ。本当に、私のお腹に亮平さんの子供がいるんだなあ。

性別がわかるのはまだまだ先だけど、亮平さんに妊娠の報告だけはしておかなければならない。

彼はいったいどういう反応をするだろう……。

私はふわふわした足取りで、帰り道を歩いた。

帰ってからもなにも手につかず、ただ部屋の中をウロウロしているうちに夜になってしまった。

そんなときに限って、亮平さんは早く帰ってきた。私は出迎えもせず、リビングで待っていた。

「お、おかえりなさい」

「どうした、そんなに緊張して。なにかあったのか？」

作り笑いをしていたはずなのに、顔を合わせた瞬間に見破られた。

私は覚悟を決め、心配そうな彼に告げる。

「私、妊娠したみたいです」

違った。「したみたい」じゃなくて「しました」だった。

しかし、そんな些末な言い間違いは、彼にとってどうでもいいことだったようだ。

いつも冷静沈着な彼の顔がみるみるうちに輝き、頬が上気する。見たこともないくらい赤くなった彼は、おもむろに私を優しく抱き寄せた。

「そうか……うん、そうか。よかった。ありがとう」

赤ちゃんはひとりで授かれるものではない。だからお礼を言われるのは違うような気がしたけど、私は黙っていた。

病院でもらったエコー写真を見せると「まだ豆みたいだ」と彼は呟いた。

「それで、あの……まだご飯ができてなくて」

「ご飯？ それなら食べに行こう。疲れたなら、俺が買ってくる。なにがいい？」

平静を装っている亮平さんだけれど、だいぶテンションが上がっているのがわかる。

「もう家事なんてしなくていい。むしろしないでくれ。とにかく体を大事にしよう」

「いや、なにもしないのはさすがに。少しは運動しないといけないって聞くし」

「それは勉強不足だった。とにかく、環奈が負担だと感じることは一切しなくていいから。今日は祝いだ。寿司でも食べに行くか」

いつもよりふわふわと浮き立っている亮平さんに、まだ妊娠初期だからなにがあるかわからないこと、生モノはあまり食べない方がいいことをやんわり伝えた。

どうしよう。亮平さん、すっごく喜んでいる。

こんなに浮かれてしまって、大丈夫かな。もしこれで赤ちゃんが男の子だったら、落胆して立ち直れなくならないかな。

私にとっては、どちらでも大事な赤ちゃんだ。男の子だった場合に「いらない」なんて言われたら、こっちが立ち直れない。

結局その日の夕食は、近くのお蕎麦屋さんで済ませた。

亮平さんは始終ご機嫌で、私にふたり分の蕎麦を食べさせようとしたけど、普通に断った。

そこで相談した結果、仕事は産休を取って続けることにした。

亮平さんはすぐに辞めて出産に備えてほしいみたいだった。また、出産した後は専業主婦になってほしいとも言った。

しかし私は、仕事だけは譲らなかった。

家庭と仕事の両立は大変だろうけど、もしも将来的に離婚することになったらと思うと、辞めるわけにはいかない。

養育費をもらえるという話だったけど、それは子供が自立するまで。私の生活費は、出産後一年まで。老後までは面倒を見てはもらえない。

また、結婚式は延期してもらうことにした。初めての妊娠なので、どのように自分の体調が変わるかわからないからだ。

とにかく私と胎児の健康を気にしている亮平さんは、これを快諾した。

本来うれしいはずの妊娠が、私の心に暗い影を落としていることを、時間が経ったびに深く実感していた。

亮平さんが喜ぶのは当たり前。彼は最初から、子供が欲しくて私と結婚したのだから。

一方私は、「離婚」というワードばかりが頭を掠めている。

まやかしの結婚生活が、少しずつ変わろうとしているのを感じた。

次の日から、亮平さんの過保護っぷりが炸裂した。

「朝食は俺が作るから、君はギリギリまで寝ていてくれ」

ベッドを先に出た彼は、寝起きであることなど嘘のように、スタスタとキッチンの方に歩いていく。

「でも今日は私が当番ですよ」

アラームで目が覚めてしまった。二度寝できるくらいの時間はないので、のっそりと起きて彼のあとについていく。

「いいからいいから」

亮平さんは笑顔で、冷蔵庫を開ける。

鼻歌まで聞こえてきそうな表情で、手際よく朝食を準備してくれた。

昨日の今日で浮かれてるんだよね。そのうち平常運転に戻るかもしれないし、ありがたく休ませていただくことにしよう。

着替えを済ませ、座って待っていると、目の前に朝食が置かれた。

ご飯と卵焼き中心の、和定食のような朝食。

すごい。頭がいい人って、やる気になればなんでも手際よく器用にできちゃうのかな。

いつもはお互いに忙しいので、買っておいたパンとコーヒーだけ、なんていう日も多かった。

亮平さんがこんなに手のかかった朝食を振る舞ってくれたのは初めてで、自然にテンションが上がる。

「いただきます。ん～、おいしい！」

見た目だけでなく味もいい朝食をいただいていると、あることに気づいた。彼がなかなかキッチンから出てこない。

「亮平さん、一緒に食べましょうよ」

「ああ、すぐに行く。先に食べていてくれ」

まだ追加でおかずでも作っているのか、フライパンでなにかを焼いている音がする。

ゆっくり食べていると、亮平さんが得意げに両手で透明のプラスチック保存容器を持って近づいてきた。

「はい」

「え……ええっ⁉」

朝食の横に出されたのは、なんと真四角の保存容器に入った、お弁当だった。

お米とゆでたブロッコリー、プチトマト、卵焼き、鶏肉のソテー。

めちゃくちゃ手が込んでいるってわけでもないけど、栄養も色どりも完璧なお弁当に、私は見入った。

「すごっ。すごい。こんなお弁当、久しぶりに見ました！」

実家にいるときは、お母さんのお弁当を持って学校に通っていた。そのときのことを思い出す。

冷凍食品でもなんでも、お弁当があるだけでありがたかったなあ。

一人暮らしになってから、お弁当を用意するのは大変だということが身に染みてわかった。

節約のために試みたこともあるけど、朝に弱いので、いつの間にか挫けてやめてしまった。

「わ〜。うわ、うわ〜。すごい〜」

「食品添加物は使っていない。安心だろう」

え。私の時間が一瞬止まった。

もしや、妊娠中の体を気遣って、無添加のお弁当まで作ってくれたの？

「すっごくうれしいです。ありがとう」

お礼を言うと、亮平さんは満足そうにうなずき、自分の食事を食べ始めた。

ひとりのときは牛丼で済ませていた男が、妻が妊娠しただけでこれほど変わるとは。

「あの……私は添加物使っちゃうかもですが、大丈夫ですか？」

作ってもらえるのはうれしいけど、私にも同じことを要求されるとつらい。

この世から添加物を完全に除去するのは難しい。

特に私は、仕事で疲れたときなどはなんの罪悪感もなく冷凍食品やレトルト食品を使ってしまう。

子供が生まれてからも市販のベビーフードを使っちゃダメとか、母乳しかダメとか言われたらどうしよう。

心配で箸が止まってしまった私を見て、亮平さんはふふっと笑いを漏らした。

「無添加は冗談だ。いつも通りで大丈夫。君の健康が一番だから。ムリすることはない」

そう言われてホッとした。あまり神経質になられたらしんどいもんね。

その日から出勤時は必ず、車で送ってくれることになった。

お昼に愛妻弁当ならぬ愛夫弁当を食べる。

私もときどき夕食のおかずを多めに作って、それを詰めるだけのお弁当を作るようになった。

体の不調が出るわけでもなく、週末になってホッとした。

「久しぶりに出かけようか」

亮平さんも今日は一日予定がないらしい。お腹が大きくなったら、あちこち出歩くのも簡単にはできなくなる。

「はい」

今のうちにデートを楽しんでおこう。

私はオシャレをし、亮平さんに手を引かれて家を出た。

着いたのは、恵比寿《えびす》だった。

おいしいレストランや、オシャレなショップがたくさんある街なので、歩くだけでも楽しそう。

「どこに行きます？」

さっそくカフェやレストランなど、普段なかなか行けないようなお店をスマホで探していると、亮平さんが私の手を優しく包み込んだ。

「行ってみたいショップがあるんだ。ここからそう遠くないから、食事の前に行ってもいいかな」

「はい。もちろん」

産院の先生も、歩くのはいいことだって言ってた。

亮平さんが一緒なら、私の体調を私よりも気遣ってくれるので、安心して歩ける。

オシャレなセレクトショップが並ぶ通りは、ショーウィンドウを見ているだけで楽しい。

広告に使う衣装の参考にしようと、記憶力全開で歩いていると、あるショップの前で亮平さんが立ち止まった。

「ここ？」

「そうだよ」

私はワクワクして中に入る。と、あるマネキンに釘付けになった。

「あっ」

お腹が大きく膨らんだマネキンが、色鮮やかな服を着ている。

この色使いや丈の長さなどを見るに、おそらく海外のブランドだろう。

「気に入るものがあるかな」

亮平さんも興味津々といった顔で、マタニティ服が陳列されているコーナーを凝視する。

もしかしなくても、私のためにわざわざ調べて連れてきてくれたんだ。そう思うと心が温まる。

「うわあ、かわいい。全部かわいい」

ウキウキして一着手に取り、値札に書かれたブランド名とお値段を見て、目が飛び出しそうになった。

このブランド、聞いたことがある。たしか、海外の王妃さまとかセレブの奥様御用達のブランドだ。

「すご。ワンピースなのに授乳できるようになってる」

お値段に見合ったデザインと品質。大人っぽすぎず、綺麗でいてかわいい。

「素敵。でも、ちょっとの間しか使えないと思うと、もったいなくて」

大型スーパーで売ってる、ゆるゆるTシャツとか、ゆるゆるデニムでも全然暮らせる。ネットで安くてかわいいマタニティ服も売っている。

「いいか、一流のスポーツ選手は、高機能な専用ウェアを着るだろ。それと同じだ」

「はい?」

「君は今から無事に妊娠時期を乗り越え、出産、育児という大仕事が待っているんだ。そのために快適なウェアを買って、なにが悪い」

悪いなんてひとことも言ってないのに、亮平さんは真剣そのものの顔で説得してくる。

「俺の妻に粗末な身なりはさせられない。いつだって気に入ったデザインの快適なものを身につけてくれ」

「わ、わ、わかりました。ありがとうございます」

あまりに熱く語る亮平さんを、店員さんが苦笑して見ている。

恥ずかしくなった私は、観念してしっかり服を選ぶことにした。

「奥様のこと、本当に大事にされているんですね。このようなワンピースは普段使いしやすく、出産後も長く使えるので人気がありますよ」

ぬかりなくセールスしに現れた店員さんに、亮平さんは深くうなずいた。

「今しか着られないものを楽しむのも必要ですよね」

「おっしゃる通りです」

揉み手をする店員さんになんでもかんでも買わされそうになったけど、吟味した結果、ワンピース二着にトップス二着、デニム一着にスカート一着を選んだ。

「これだけでいいのか？」

亮平さんが不満そうな顔をする。

「じゅうぶんです。足りなくなったら、またお願いしますね」

「もちろんだ。では、会計を」

亮平さんは大きな紙袋を肩にかけ、店を出た。

「本当に、ありがとうございました」

まだお腹が膨らむまでは少し時間があるけど、綺麗でいることを忘れないでいようと思えた。

妊娠しても、亮平さんが私を母親ではなく、ひとりの女性だと思ってくれているようで、うれしい。

「環奈は俺にかけがえのないものをくれた。お礼にしてはささやかすぎるくらいだ」

「お礼だなんて。私ひとりじゃ赤ちゃんは授かれないんですよ」

クスクス笑う私の頭を、亮平さんが優しく撫でた。

「何度お礼を言っても足りないよ」

ふわりと笑った顔が眩しすぎて、何度も瞬きをしてしまった。

私、あなたに会えてよかった。

このままずっと、一緒にいられますように。

彼と手を繋いで歩きながら、私は祈っていた。

妊娠したので式を延期することを実家に伝えると、おばあちゃんが電話口に出てきた。

『まだまだばあちゃん元気だから大丈夫。無事に赤ちゃんが生まれるように祈っているよ』

「ありがとう」

誰よりも私の花嫁姿を楽しみにしていたおばあちゃんを、またがっかりさせてしまう。そう心配していた私は、ホッとした。

『式も楽しみだけど、ひ孫の元気な顔を見られる方がうれしいから』

「そう言ってもらえると、気持ちが楽になるよ」

『なんのなんの。くれぐれも体を大事にね』

お母さんもお父さんも、順調な妊娠を喜んでくれた。亮平さん曰く、義両親も喜んでいたらしい。

周りが喜べば喜ぶほど、私の気持ちは沈みがちになる。いつか彼らを裏切ることになるかもしれないという思いが消えない。

妊娠が発覚してからというもの、亮平さんはますます私を甘やかすようになった。健康にいいという食べ物を片っ端から取り寄せたり、家事を代わってくれたり。

といっても亮平さんも忙しいので、思い切って家政婦さんを雇おうかと言われた。

「そこまでしなくていいですよ。今のところ、大丈夫だし」

そのうちつわりが出てきたり、お腹が大きくなって立っているのがつらくなってきたら頼りたくなるかもだけど、今はまだ普通の生活がしたい。

そもそも他人に自分の家に入り込まれるのが苦手だし、ひょんなことから契約結婚の事実が知られてしまうかも。

「でも、つらそうな顔をしているときがあるから」

いたわるような亮平さんの視線に、複雑な心境にさせられた。

よく気づいてくれたと思うけど、こういう顔をさせている原因の半分はあなたなんだよ。

「ねえ、亮平さん」

出会ってから何か月か経った。何度も抱き合って、赤ちゃんまで授かった。

あなたは私をものすごく大事にしてくれている。でも、あなたの本当の気持ちがわからない。だから、知りたい。

あなたは私のこと、ただのクライアントだと思っている？　それとも、契約の相手方？　あるいは。

このまま、結婚生活を続けてもいい相手だと思ってくれている？

「ん？」

悪気のなさそうな顔で、亮平さんは首を傾げた。

「なんでもないです」

聞きたいことをなにひとつ聞けない、意気地なし。私はいつからこんな人間になったんだっけ？

自問自答しながらも、本当はとっくに気づいてしまっている。

彼のことをただの仮初の夫だと思っているなら、なにも不安にならなかった。

離婚の二文字がこんなに怖いのは、私が亮平さんと離れたくないと思っているからだ。

私はいつの間にか、あなたを――。

打ち明けた瞬間、すべてが終わってしまいそうで怖い。まだ、彼と夫婦でいたい。

たとえこの生活が、すぐに剝がれてしまうメッキと同じだとしても。

数日後、私は裁判の話をするため、仕事帰りに亮平さんの事務所を訪れた。

ここに来るのは久しぶりのような気がする。

正直、妊娠のことで頭がいっぱいになっており、潤一のことは忘れかけていた。

「いやあ、だいぶ苦労してます。相手もプロのようで、証拠が残らないようにうまくやっているものだから」

応接室で鳥居さんと向かい合う。

廊下から見えた事務所は、今日も忙しそうだった。亮平さんはきりっとした顔でパソコンを見ながら電話をしていた。今は手が離せないって感じだ。家での優しい彼とは別人のように思えた。

「滝川潤一というのは本名ですか?」

「偽名ですね。しかも住所は不定」

やっぱりか。本名で詐欺を働く人って、あんまりいなさそうだものね。

「けれど、環奈さんが提供してくれた銀行口座の名義人から、だんだんとわかってきました。滝川というのは、名義を貸して報酬を得ている人物の名前でした」

名義貸し。本当にそういうのがあるんだ。

潤一は最初から名義貸しの滝川という人物に頼み、口座を開設しておいた。最初から詐欺をしてそこにお金を振り込ませる気満々だったということだ。

「ここから攻めていこうと思います。まだ住所が特定できないのですが、明らかになるのも時間の問題でしょう」

民事で訴えるにしても、本人が出てこないとどうしようもない。

いくら凄腕の弁護士でも、裁判にならないと腕の振るいようがないのである。

私と鳥居さんは今後の方針について話し合った。あとで亮平さんに話しておいてくれるらしい。

「最初は絶対に直接謝罪を受けないと気が済まないと思っていましたけど、最近はそうでもなくなってきたんです。むしろ会いたくないという気持ちも出てきていて」

ただ、おばあちゃんをがっかりさせたことは今でも許していない。きっちりお金を払ってもらうことで、潤一に制裁を加える。

謝罪なら口先だけでなんとでもなるだろうけど、お金はそうじゃない。心は関係ないから、逆に信頼できる。

「じゃあ、示談でもいいんですか?」

「相手が応じるようなら、それでもいいです」

なにより大好きなお金を取られることが、潤一にとって一番の痛手だろう。

「本当は刑事事件になればいいんですけどね。警察がこういう事件に積極的じゃないから、次の被害者が生まれるんですよ」

鳥居さんは太い眉を吊り上げ、怒り気味に言った。

私も次の被害者は出てほしくないと思う。結婚式場で泣きじゃくっていた女性は、今どうしているだろう。

あの日名刺を渡した亮平さんのところに、彼女は相談に来ていないという。

結婚詐欺に遭ったなんて、恥ずかしくて周りに相談できない女性もいるのだろう。

潤一は私にお金を取り返されたら、反省するかな。それから真面目に働こうなんて思うかな。

いや、きっと同じことを繰り返すだろう。あるいは、他に楽に稼げる方法を見つけるのかもしれない。

「私は彼の気持ちがわかりません」

潤一の取っている方法は、果たして楽なのだろうか。私には、普通に働いて普通にお給料をもらう方がはるかに、気持ち的に楽なような気がする。

他人に訴えられるような方法でお金を稼いで、それを高齢になるまで続けていくつもりなのかな。

「犯罪者の気持ちを理解してもらっちゃ困りますよ。ははは」

鳥居さんは笑った。私もつられて頬を緩ませた。そのとき、ドアがコンコンと二度ノックされた。

「鳥居先生、ちょっといいですか。初回の相談の方がいらっしゃってるんですが」

「え？　今日は環奈さんが最後だったはずじゃ？」

「それが……どうしても相談したいって。高須先生が面談するそうなので、この部屋を空けてもらえませんか」

事務さんはちらっと私の方を見た。どうやら、他の部屋も仕事帰りのクライアントでいっぱいらしい。亮平さん、さっきの電話終わったのかな。

「環奈さん、すみません」

「いいえ、時間通りですし」

ここに入ってからちょうど一時間。私に割り当てられた時間は終わりだ。

バッグを持って立ち上がると、ドアの向こうから声が聞こえてきた。

「絶対絶対絶対、許さないんだから！　先生、頼みますよ！」

大きな声。甲高い、女性の声だ。相当怒っているみたい。

弁護士事務所に予約もしないで突撃するとは、なかなかの人だな。

「わかっています。落ち着いて」

亮平さんの声が聞こえた。ドアを開けると、明るい茶色に染められた長い髪がちらっと見えた。

鳥居さんの後ろに隠れるようにして、私は応接室を出た。

普通こういうところって、クライアント同士が会わないようにするはずだよね。プライバシーの問題があるから。

きっとあの人、従業員の制止を振り切ってここまで強行突破しちゃったのね。

「この私が結婚詐欺に遭うとか、本当にありえない！」

興奮している彼女の声に、足を止めてしまいそうになった。

私と同じ、結婚詐欺の相談で、ここへ来たらしい。

「ちょっと興奮しているようだから、俺も見てきます。環奈さん、気をつけてお帰りください」

「あ、はい。ありがとうございました」

応接室のドアが閉められ、茶髪の彼女の声は聞こえなくなった。

どういった相手に騙されたのか、少し気になる。結婚詐欺って、結構あるものなんだな。

そんなことを考えながら事務所を出る。今から相談だと、亮平さんが帰ってくるのは遅くなりそう。

途中で買い物をして帰宅した私が食事を作っていると、思いのほか早く亮平さんが帰ってきた。着替えずにリビングに入ってきた彼の頬が少し上気していた。

「おかえりなさい。最後の相談の人、意外と早く終わったんですか？」

「いや、思いがけず話が弾んで」

亮平さんは少し興奮しているようだった。

クライアントと話が弾むってどういう状態？　まさか、浮気……？

訝しむ私に、彼は言った。

「今から俺が話すことは、独り言だと思ってくれ」

「はい？」

「滝川潤一の次の被害者が現れた」

彼の口から潤一の名前を聞いただけで、全身に鳥肌が立った。

まさか、さっきの人が次の被害者？

「被害者は、トークアプリの履歴もすべてバックアップしていた。通話も録音してある。おまけに最近の住居まで知っていた」

私には「実家に住んでいるから、なかなか環奈を招いたりできない」と言っていたけど、彼女には自分の部屋を教えていたんだ。

いや、あのガッツのある彼女なら、彼のあとを追って住居を突き止めるくらいするかもしれない。

「近いうちにあいつを見つけられるかもしれない。事態は大きく進むだろう」

なにもわからない、なんの証拠も持っていない私より、よほど役に立つクライアントが現れたというわけだ。

「すみませんね、私はなにも知らなくて」

嫌味を言われたような気がして、いじける。

もし私より先に彼女が被害者となり、亮平さんに相談していたなら、今ここにいるのは彼女だったかもしれない。

「独り言に反論してはいけない」

この話はもう終わりだと言わんばかりに、亮平さんはスーツを翻し、自室へ行こうとした。

そのとき、彼の歩みを止めるように、私のスマホがテーブルの上でけたたましく鳴った。

「はいはい、なんでしょう」

おばあちゃんかな？　とスマホを手に取った私は、固まった。画面に表示されているのは、「潤二」の二文字。

トークアプリからの着信だ。退出していたはずなのに、またかかってきたということは、同じアカウントでログインし直したのだろうか。

そんなことより、なぜ今さら着信が？　いったいどういうこと？

体中の毛穴がきゅっと縮んだような気がした。私の表情がよほど強張っていたのか、亮平さんが眉間に皺を寄せ、近づいてきた。

スマホをのぞき込んだ亮平さんは、目を見開く。

「出るんだ。俺の指示通りに話して」

「ええっ」

亮平さんは自分のスマホを出し、メモ帳アプリを開いた。

私はごくりと唾を飲み込む。

覚悟を決め、画面をタップし、通話をスピーカーモードに切り替えた。

「もしもし……」

『環奈か？　俺だけど、わかるか』

「潤一でしょ」

名前を口にすると、結婚式場で彼が放ったひどい言葉の数々がよみがえり、私を苛む。嫌悪感が声に出てしまいそうだが、平静を装った。

『環奈、怒ってるか？　怒ってるよな』

付き合っている頃のような、優しい口調で私の名を何度も呼ぶ潤一。

言葉が出なくなった私に、亮平さんが自分のスマホを差し出した。メモ帳アプリ画面に咄嗟に用意されたセリフを読み上げる。

「怒っているっていうか、悲しかったよ」

『そうか……ごめんな』

ごめんじゃ済まないわよ。という心の声をぐっと呑み込んだ。

「もう連絡は来ないと思ってた」

ものすごい速さで画面に文字を打ち込む亮平さん。その顔は真剣そのものだ。

『俺、どうかしていたんだ。もう一度環奈とやり直したいと思っている』

「えっ？」

いったいどういう神経をしていれば、そんなことが言えるわけ？

思い切り低い声を出してしまった私に、亮平さんが視線で「冷静になれ」と訴える。

『ちょっと実家でトラブルがあって、会えなくなったんだ』

「そうなの？」

『そうなんだ。それで……』

「待って。ええと、込み入った話なんだよね。じゃあ、直接会って話をしない？」

亮平さんの台本を、棒読みにならないように気をつけて読む。

『いいのか？　お前は俺の顔を見たくもないだろう？』

ええ、見たくないわよ。

とは言わず、「いいえ」と答えた。亮平さんは潤一と私を直接会わせたいと思っているようだ。

「直接会った方がいい気がするの」

『そうか。わかった。じゃあ……』

待ち合わせの日時と場所を決め、私は電話を切った。

メッセージアプリを見ると、潤一が退出せずにログインしたままになっていることがわかる。

「よし、よくやった」

亮平さんは私の頭を優しく撫でた。

「潤一に直接会うんですか？」

「今すぐとはいかないかもしれないが、早いうちにはそうしたい。どんな事情か知らないが、向こうからコンタクトを取ってくれてこっちとしては願ったり叶ったりだ」

たしかに、潤一の事情がわからない。

私なら、一度詐欺被害に遭わせた、しかも弁護士を雇った人にもう一度会おうとしないけどな。

首を傾げた私に、亮平さんは淡々と言った。

「おそらく、逃亡資金を調達するため、金を借りたいんだろうな。今までは泣き寝入りしていた被害者が、ふたりも立ち上がった。このまま放っておいたら、刑事事件に発展するとでも思ったか」

「ああ……今日相談してきた人、堂々と『訴えるわよ！』とか家まで押しかけて言いそうですもんね」

あの勢いがあれば、自分で居場所を突き止めて、そういうことまでしそう。いや、私がぼんやりしすぎていたのかな。

「こういうことってよくあるんですか？」

「いや、そうそうない。鳥居と綿密な作戦を立てなければ」

早い話、私をおとりにして潤一を呼び寄せようってことだよね。

私の訴訟なんだから、私が出ていくのは当たり前。

だけど、今の私は普通の体じゃない。妊娠しているのだ。

今の私に強いストレスはよくないとか、もし相手が逆上したら、とか少しも考えてもらえないのだろうか。

今まで、過保護なくらい大切にしてくれていたのに……。

妊娠前は、絶対に直接謝罪をしてもらいたいと思っていたけど、今はなにより子供を無事に生みたいという思いの方が強い。

正直に言えば、会いたくない。

訴訟になるか、示談になるか。亮平さんはそこばかりを考えているようだけど、私はまったく別のことを考えていた。

この訴訟が片付き、無事に女児を生んだら、私は捨てられてしまうのではないだろうかと。

六章　とある弁護士の独り言

俺はちょっとした違和感を覚えていた。自身の妻に関することだ。

結婚詐欺の被害に遭ったことをきっかけに俺を訪ねてきた環奈は、俺が求めていた女性そのものだった。

まず彼女の人柄、次に女系遺伝子を持っていることに惹かれた。

高須家の男系遺伝子がよほど強いのか、腹違いの兄弟たちの妻の誰にも、まだ女児懐妊の噂はない。

女児の孫を授かった者に事務所を譲るとは、バカげた考えだと思う。

弁護士としての実力で比べられるのならともかく、父はそんなことでしか跡継ぎを決められないのかと腹が立った。

そもそも、男女どちらの子供を授かるかなど、完全に運でしかない。そんな決め方はまったくナンセンスだ。

女児を授かる運に恵まれた者を選ぶと父が言うなら仕方ないが、世の中には結婚はしても夫婦だけで過ごしたいと思う人間だっている。一生ひとりで暮らしたい人間もいる。俺は後者だった。

だが、環奈に会って、彼女の家族に対する思いを聞いたとき、気が変わった。

この人となら、こんな俺でも、人並みの家庭が築けるのではと思った。

俺はいわゆる妾の子として生まれた。

父に認知され、なに不自由ない生活をさせてもらった。法学部を出て弁護士にまでなれたのも、父のおかげだと感謝している。

ただ、それでもやはりうちは一般家庭ではなかったし、ひとり親家庭でもなかった。

自分が特殊な家庭で育ったのだと気づいたのは、いつだっただろう。別に不自由ではなかったけど、違和感は消えなかった。

子供の頃、いわゆる一般家庭で育った友達の話を聞き、父がずっと家にいたらと思うと、気持ち悪くなった。

母は俺といるときは優しい母だったが、父が訪ねてくると途端にただの女性になった。父に本気で惚れていたのだろうし、今でも惚れているのだろう。

いつもと違う母の顔や声が、嫌で仕方なかった。

父のことは好きだったが、たまにしかいないし、母を変な風にしてしまう人だという印象は拭えなかった。

学校行事などで、友達の一般家庭を目にしたときはびっくりした。うちの両親とは全然違う、「家族」というひとつの共同体になっているのを感じた。

自分は彼らとは決定的に違う場所にいるのだと確認した。やがて普通の家庭や家族などは、違う世界の話だと割り切った。

別に自分の境遇を嘆くわけではない。ただ、「違う」と思ったのだ。違いがわかれば、あとはどうでもよかった。父と母に正式に結婚してほしいとは思わなかった。

学生時代、女性に気に入られて交際したこともあった。が、その先に相手が結婚を少しでも考えるような素振りが見えた途端、距離を置いた。

自分には普通の家庭のイメージがない。イメージできないものの一員にはなれない。相手の時間を無駄に費やすより、早く別れた方がいいと思ったのだ。

弁護士になり、離婚調停を経験し、その思いは強くなった。正式に結婚しても、離婚する人たちもいる。仕方ないことだとしても、ますます結婚というものに懐疑的になった。

離婚は本当に面倒くさい手続きだらけだ。それを回避するには、結婚を回避するのが早い。

そんな俺が結婚を意識しだしたのは一年前。父が兄弟全員に事務所を譲る条件を出したときから。

今より大きな力を手にすれば、より多くの人を助けるという、理想に近づくことができる。この話に乗らないわけにはいかない。

しかし、女系遺伝子を持った女性に絞って、婚活をしなくてはならないのか。考えただけで気が重くなった。自分の目標のために意に沿わない結婚をして、相手の人生を巻き込むのもいかがなものかとあきらめかけたとき、母が強い口調で言った。

『亮平、素敵なお嬢さんはいないの？　絶対に女の子の孫を生んでもらわないと。私たちの雪辱を果たすチャンスなんだから』

俺はこの言葉に、衝撃を受けた。

母は俺とふたりきりで歩んできた人生を恥じていたのだ。でなければ、雪辱なんて言葉は出てこない。

平気なふりをしていたけど、母の心の中には、正妻はもちろん、他の愛人や兄弟に対する憎悪が煮え滾っていたのだ。

『俺は結婚しないよ』

初めての反抗だった。母の雪辱を果たすために結婚するなんて、まっぴらだった。

『どうしてよ。あなたをここまで育てたお母さんに、恩返ししてよ。ありがたいと思わないの？』

これにはもう反論も出てこなかった。

俺を育てたのはたしかに母だけど、その費用は全額父の負担だ。

それでも大変だったには違いない。だが、恩返しとは強要されてするものなのか？

ありがたいというより、哀れで仕方ない。俺を妊娠したために、愛人としての人生を選んでしまった母が、哀れだ。

『冗談だよ。前向きに検討しているところ』

『もう、びっくりさせないでよ。私もかわいい孫を楽しみにしているからね』

この人を義母にする女性は、苦労するだろうな。

俺はひそかにため息をついた。

母の願いを叶えてやりたい気持ちがないわけではない。

父の事務所を継承できれば、今よりもっと大きな仕事ができるようになる。それは魅力的だが、自分が結婚できる気がしなかった。

そんなとき、環奈と出会った。

俺にはないものを持っている人だと思った。俺は家族のために泣くことは、きっとできない。

俺は咄嗟に契約結婚を持ちかけた。

不幸にはさせない。彼女が望むなら、別の男と恋愛をしてもいい。どんなわがままを言われても、受け入れよう。

覚悟を決めて彼女と交際を始めたが、最初はどのように接していいかわからなかった。

婚約者に裏切られた環奈は、それほどうまく気持ちを切り替え、次の男に乗り換えるなど、できそうになかった。

だから、最初は完全に女児を生んでもらう目的を達成するための女性として接した。

その方が、彼女も割り切りやすいのではないかと思ったからだ。

環奈は俺のことを、変わった人間だと思っていたようだ。その認識に間違いはないと思う。

その関係が変わったのは、初めてのデートをしたときからだ。

環奈は面白みもなにもないであろう俺の気持ちを、解きほぐしてくれた。

あんなに笑ったのは、本当に久しぶりだった気がする。

俺はいつしか、環奈の笑顔を手放したくないと思うようになった。

両親との顔合わせをしたときから、環奈と一緒に生きていきたいという思いが日に日に強くなっている。

環奈のご両親からは、温かい空気が滲み出ていた。我が子を大切に思っているのであろうことは、第一印象から伝わってきた。

俺の両親とは違う。外見を繕うばかりで、自己中心的な俺の両親とは。

環奈とご両親は、幼い頃に感じた「家族」という共同体そのものだった。温かく、素朴な、いい家族だと思った。

剣呑さを含んだ美貌を武器にし、周りを憎んで暮らしている母より、楽そうなワンピースを着て現れた、ニコニコ笑う環奈のお母さんの方がよほど好感が持てる。

温かい両親に育てられた環奈は、俺にとっては眩しい存在だ。柔らかい光で俺を照らしてくれる。

同居を始めてからも、環奈は頑張りすぎることはなかった。彼女が自然体でいることが、俺を安心させてくれた。

ある休日、俺は仕事を持ち帰り、自室に閉じこもっていた。

環奈には申しわけないと思いつつ、どうしてもやっておかねばならぬことがあったのだ。

大企業を相手にした、難しい案件の書類作成だ。どうしたって緊張感が増す。

朝から昼過ぎまで書類を作り、やっと部屋から出た俺は、キッチンに向かった。

『あ、お疲れ様です。暇だからパンを焼いたんですけど、食べます？』

環奈はのほほんとした顔で、俺に声をかけてきた。頬に白い粉がついている。どうやら噂のパン作りをしたらしい。

『それは楽しみだ。どれどれ』

いい香りが漂ってくると思ったら、焼きたてのパンの香りだったのか。

環奈は同居する前からあったオーブンを、すでに使いこなしていた。

俺はレンジしか使わないので、単なるディスプレイと化していたオーブンもさぞ喜んでいるだろう。

さて、どんな作品を錬成したのかな。めくるめく笑いの予感にワクワクしながら、キッチンをのぞき込んだ。

エプロンをした環奈が微笑む。オーブンから出したトレーの上に、たくさんのパンが乗っていた。

『なんだ、普通じゃないか』

彼女が取り出したのは、普通にパン屋で売っていそうな、綺麗なパンだった。コーンとハムとマヨネーズを使ったパンだ。

『なんだとはなんですか』

環奈がぷうとむくれる。彼女の横にある皿に、別のパンも置いてあるのが見えた。

そちらはチョコレートを巻き込んだパンに見える。

『いや、いつか写真で見せてくれた、パンダとウサギのキメラみたいな、口からチーズが流れ出ているあれを想像していた。これらは普通においしそうだ』

『あれは失敗作ですよ』

環奈はパンに合いそうなスープやサラダ、ゆで卵も用意していた。どれも簡単そうなものだが、効率よく栄養を摂れそうだ。

『パンなら、食べながらお仕事できるでしょう？』

俺の方に皿を差し出し、彼女は言った。その顔はやはりのほほんと笑っていて、押しつけがましさはどこにもなかった。

『仕事は区切りがついたから、ここで一緒に食べるよ』

『そう？　よかった。お疲れ様です。スープやサラダはいります？』

『うん』

きっと俺が忙しそうにしていたから、さっと食べられるものを用意してくれたのだろう。

彼女が作ってくれた野菜とベーコンが入ったスープを食べると、体も心も温まる思いがした。

パンはふかふかで、いいにおいがする。それだけで、とても幸せな気分になれた。

『うまいな』

環奈が用意したものを口にするたび、ピリピリと尖っていた神経がなめらかになるようだった。

『へへ』

はにかんだ彼女は、小さな声で言った。「今日は失敗しなくてよかった」と。

環奈を取り巻く温かい空気に呑まれる。彼女といると、まるで陽だまりにいるみたいだ。

彼女を本当の妻にしたい。ずっと傍にいてほしい。

できる限り大事にしようと思い、指輪をプレゼントした。家事は分担し、彼女の負担にならないように心がけた。

でも彼女は、指輪を見ても喜ぶより恐縮していたようだし、最近は笑顔も減ったように思う。

そう、妊娠してから明らかに彼女の笑顔が減ったのだ。

夜の営みは拒まれたことがない。ので、もしかすると環奈も俺のことを想っていてくれているのでは、と思っていた。

しかし、妊娠してから環奈は目に見えて不安定になり、最近滝川から連絡が来てから、より不安定になった。

自分だけが舞い上がっていたが、実は環奈はずっと悩んでいたのかもしれない。

純粋な彼女のことだ。恋人に裏切られ、家族のために契約結婚をしたけれども、そう簡単に次の恋へと気持ちを切り替えることはやはり難しいのだろう。

「環奈、今度の休みにベビー用品を買いに行こうか。お腹が大きくなってくると、買い物もつらくなるだろう？」

夕食後、片付けをしながら声をかけると、ぼーっとしていた環奈がこっちを向いた。

「はい？」

「次の休みはベビー用品を買いに行こうか」

作業の手を止め、環奈の隣に腰を下ろした。

「ええ、あれこれ必要ですものね。でも、少し早すぎるかも」

環奈は気まずそうに目を伏せる。

たしかに安定期に入り、性別がわかるのはもう少し先だ。いろいろと心配になるのはわかる。

「服や小物はムリでも、ベビーベッドやベビーカーは性別関係ないだろ。それに、時代はとっくにジェンダーレスだ。君が好きなものなら、性別関係なく使わせればいい」

そう言うと、環奈はくすくすと笑った。

「亮平さんらしい考え方」

「それに、ふたり目ができたときにも使えるだろ」

俺の言葉に、環奈は一瞬フリーズしたように見えた。大きな目をぱちくりさせ、赤い唇を震わせた。

「ふたり目?」

環奈の眉が下がっていた。困ったような顔に、こちらが戸惑う。

ああ、そうか。この子が女児であれば、契約は果たされる。彼女からしてみれば、結婚生活を継続してふたり目の子供を生む理由などないのだ。

「そうだよ。もしかしたら、授かるかもしれない」

精一杯、平静を装った。

「気が早いですよ。まだひとりも生んでないのに」

環奈は困ったように眉を下げ、笑った。

この子が男の子ならば、まだ結婚を継続できる。兄弟の誰かに女児が生まれるまで、環奈を引き留める理由ができる。

そんなことを考えている自分に気づいて、嫌気がさした。

まったく俺も母親と同じ、自分のことしか考えられない人間だったというわけか。

「そうだな。まず、この子が無事に生まれることが一番だ」

俺は環奈の腹部に、そっと手を伸ばした。彼女は逃げることも嫌がることもしない。

「無事に生まれておいで。男でも女でも、どちらでもいいから」

ガラス細工に触るように、おそるおそる環奈の腹部を撫でた。

まだほとんど膨らんでいないが、その中に自分と彼女の子供がいると思うと、不思議と温かい気持ちになれた。

あまり触ると、嫌がられるかな。

手を放して環奈を見ると、彼女はもう困ったような顔はしていなかった。

その代わり、笑っているような、泣いているような、どっちとも取れるような微妙な表情をしていた。

「どうした？」

「ううん。うれしくて」

なにがうれしいのか、よくわからない。が、いちいち聞き返すのもよくないかと思い、微笑み返すだけにとどめた。

今はまだ、環奈の気持ちは俺に向いていないのかもしれない。

けれど、絶対に振り向かせてみせる。

もう彼女を手放すことなどできない。

とにかく今は、環奈の心配事をひとつでも減らすのが先だ。

滝川と直接会い、示談か訴訟に持ち込む。

決着がついたら、もう一度プロポーズをしよう。

契約を果たしても、俺と一緒にいてくれますか。と。

七章　守秘義務？

潤一に会うまで、まだ数日ある。それまでにできるだけの詐欺の証拠を集め、書類を作るのだと亮平さんは言った。

亮平さんは他の仕事と並行して潤一をやり込める算段を考えているようだった。証拠を集めたり書類を作るのは補助役の鳥居さん。鳥居さんは忙しい亮平さんに代わり、一生懸命動いてくれているそうだ。

「送っていけなくてすまない。帰りは遅くなるから、先に寝ていてくれ」

「ご飯は？」

「外で適当に済ませてくる」

「了解しました」

亮平さんはいつもより早く自宅を出た。その背中を見送り、私ものろのろと出社の準備をする。

妊娠してから、亮平さんが必ず車で会社の近くまで送ってくれていた。それに甘えていたので、今さら公共交通機関を使って行くのが面倒くさい。

さらに最近、つわりの症状が出てきて、強いにおいを体が拒否するようになった。

まだお腹は膨らんでいないので、周りからは妊婦に見えないだろう。

苦し紛れに母子手帳と同時にもらったマタニティマークをバッグにつけてみたけど、果たしてどれくらいの効果があるのか。

満員電車は怖いので、まだ空いているバスで会社に向かうことにした。マタニティマークを見つけた高校生に、声をかけられた。

「あの、ここ座ってください」

真面目そうな女の子だ。私は感謝して席を譲ってもらった。お年寄りがいないのが幸いだった。

女子高生のおかげで無事に会社の近くまで着いた私は、転ばないように気をつけてバスを降りる。

「うう……腰痛い……」

足元はヒールのない、滑らない底をした靴。さらにバスでは座っていられたのに、腰が痛い。

仕事中は基本座っているので大丈夫かと思いきや、同じ姿勢で固まっているとやはり痛くなってくる。

「環奈、大丈夫？　気休めだけど、私が妊婦のときに使っていた腰ベルトしてみる？」

死んだ魚の目で資料を読んでいた私に、佐倉先輩が声をかけてくれた。

「いいんですか？」

正直助かる。湿布を貼りたくても、妊娠中は禁忌のものもあるため、できるだけ避けているのだ。

妊婦がこんなにしんどいものだとは思わなかった。

食べちゃいけないもの、やっちゃいけないことが多すぎる。

つわりがつらい。体が重いし痛い。

マタニティマークをつけていても、いつでも助けてもらえるとは限らない。

初期でもこんなにつらいのに、中期に入ってお腹が大きくなったらどうなってしまうんだろう。

腰痛や足の付け根の痛みは、こんなものでは済まないに決まっている。

世の中の女性たちは、こんなに大変な思いをして子供を生み育て、仕事もして、家事もしているんだ。すごすぎる。もっともっと労われていいと思う。

佐倉先輩が差し出した紙袋から、腰を安定させるサポーターの役割をするベルトを取り出し、早速腰に巻いてみた。

ファッション的には格好よくないけど、背に腹は代えられない。

「妊婦だからって、しんどいアピールして仕事をサボるなよ」と思っている人もいるかもしれないけど、本当にしんどいんだもの。仕方ない。

「ああ～ちょっと楽ですう～」

ベルトをしただけで、少し痛みが和らいだ気がする。

「まさかこんなに早く妊娠するとはね。高須め、環奈を大事にしなかったら承知しないんだから」

「亮平さんは優しいですよ」

特に、私を抱くときはとびきり優しい。

お義母さんから贈られたエプロンや下着をいつ出してくるかとヒヤヒヤしていたけど、私の嫌がるようなことはしようとしなかった。

って、仕事中になに考えてるんだろう。ダメダメ。

気を取り直して仕事に戻ろうとしたとき、私が取ろうとした資料の上に佐倉先輩が手を叩きつけた。

びっくりして見上げると、佐倉先輩は鬼のような顔をしている。

「新婚のときはね、みんな優しいのよ。妊娠中に化けの皮が剥がれるんだから！」

完全に仕事と関係のない話をしているのに、佐倉先輩の迫力に押され、誰もなにも言えなくなっていた。

「先輩、なにかあったんですか？」

「別にっ」

さっきまでニコニコしていたのに、佐倉先輩は憮然とした表情でどこかに行ってしまった。

「佐倉さ、妊娠中に旦那さんに浮気されたんだよ」

隣の席の先輩が、こそっと教えてくれた。彼は佐倉先輩と同期で、まだ結婚していない。

それにしても先輩が浮気されていたなんて。しかも妊娠中に。

「うわ、最低ですね」

妊娠中は、夜の営みを避けた方が無難だと言われている。

そのせいで、旦那さんが他の女性を求めて浮気をする確率が上がるというのは、よく聞く話だ。

こんなにしんどい思いをしている奥さんを放っておいて、自分だけ欲望を満たすために他の女性と遊ぶなんて、信じられない。

しかも、佐倉先輩は女子の私から見ても綺麗で、性格もよくて、仕事もできる。

こんなに素敵な先輩でさえ浮気されたなんて。世の中おかしいよ。

「だよな。旦那さんも誰かにかまってほしかったんだろうけど、結婚してるなら我慢するべきだよ」

「激しく同意です」

「旦那さん、イケメンでモテるからなあ。誘った女がいたようだけど、そいつもおかしいよね」

「ですです！」

深くうなずいた私に、先輩は苦笑してみせた。

夜の営みなんて、なければないで困らない。

死ぬわけじゃないんだから、旦那さんは子供が生まれて落ち着くまで我慢するべきだ。本当に相手が大事なら。

そこで、ハッとした。

亮平さん、最近帰りが遅いけど、本当に仕事なのかな？

弁護士の仕事が忙しいのは前からだ。

でも、潤一の件は少し前から調査や書類作成に着手しているはずだし、多くの作業を鳥居さんが担当している。

連日遅くなるほど、特別な仕事があるのだろうか？

弁護士という仕事柄、「今日はなにをしてきたよ」という報告ができない。守秘義務があるからだ。

だから私は、いつも亮平さんが具体的にどういう仕事をしてきたのか知らない。

裁判所に行ったり、株主総会に出たり、メールを返したり……と、ざっくりとしか、彼の仕事内容はわからない。

腰が軽くなった代わりに、胸がずしりと重くなった。

亮平さんは私の体を気遣い、妊娠がわかったその日から、夜の営みを一切やめた。

もしや、私の代わりに、彼の抑えられない欲望を受け止めてくれる人と浮気をしているんじゃ……。

亮平さんが知らない女性とホテルに行く姿が、脳内のスクリーンに映し出される。

私は首を強く横に振り、そのビジョンを追い払った。

真面目な彼に限って、そんなことはないはず。

しかし、彼のお父さんは愛人がたくさんいる。

もしお父さんの遺伝子が突然覚醒して、たくさんの女性を渡り歩いていたら……。

いや、大丈夫だ。亮平さんを信じろ。

何度も自分に言い聞かせるも、一度胸に宿った不安はなかなか消えない。

普段から、出産が終わったら結婚生活も終わるかもしれないと考えているせいかな。

好きで一緒になったんじゃない。条件が合ったから、契約結婚をしただけの仲だ。

浮気されても不思議じゃないし、文句を言う筋合いも私にはない。

資料を読む手が止まってしまった。

それでも気分をムリヤリ立て直し、午後からのクライアントとの打ち合わせに臨んだのだった。


定時に会社を出て、のんびりと家に帰る。途中でスーパーに寄り、お弁当を買って帰ることにした。

「はあ……」

今日は疲れたな。

化粧品のキャンペーン用販促物とホームページのデザインの打ち合わせが難航した。

クライアントは起用したい芸能人の名前を上げるばかりで、どのような色遣いにしたいとか、どのような雰囲気がいいかとか、具体的な要望がまったくなかったから。

要望だらけなのも困るけど、「いい感じにしてください。売れるように」っていうのが一番困る。

こちらとしてもいい広告を作り、商品を魅力的に見せて売り上げを伸ばしたいという思いがある。それには、メーカー側の協力も必要だ。

一応数パターンの候補を作るということで話は落ち着いたけど、こちらの心はもやもやしたまま。

言葉にして伝えなくても、自分のイメージが相手に伝わると思っている人って、なんなのかな？ エスパーかな？

ああ、ダメダメ。そんなのよくあることじゃない。イライラは毒よ。落ち着こう。

亮平さんが遅く帰ってくる予定だからか、帰るのも全然楽しくない。

片手にお弁当、片手に佐倉先輩にもらった腰ベルトを入れた袋を持ち、バス停から家までとぼとぼと歩いた。

自宅でひとりでお弁当を食べ、お風呂に入った。

顔にシートパックを乗せ、ソファでぼーっとする。

テレビもつけず、静かな部屋でアロマキャンドルを焚いてだらんとする私の頭の中は虚無以外のなにものでもない。

そういえば、亮平さんと同居を始めてから、こんなに虚無でだらんとしているの、初めてかも。

瞼を閉じ、パックの目元の部分をその上に乗せた。しばらくこのまま、瞼も保湿しよう。

ソファの上で体勢を整え、目を閉じたままじっとしていたら、すぐに眠気が襲ってきた。


ガチャリとドアが開く音が聞こえた。

「ああ、起こしてしまったか」

スーツ姿の亮平さんが、リビングに入ってきた。今帰ってきたところなのだろう。

びっくりして起き上がると、シートパックが膝の上に落ちた。

「お、おかえりなさい」

うっかり寝落ちしてしまったようだ。

覚醒した私はパックを拾い、ごみ箱に捨てた。

「すまない。静かにしていたつもりなんだが」

まさか私がリビングのソファで寝落ちしているとは思わなかったのだろう。時計を見ると、日付が変わるか変わらないかの微妙な時間だった。

「わあ。結構がっつり寝ちゃった」

亮平さんは遅くまで仕事をしていたのに、自分だけ気持ちよく寝落ちしてしまい、申しわけない。

起きて待っているのが妻の務めだとは思わないけど、ソファにだら一んと伸びているのを見られたのは恥ずかしい。

「妊娠しても働いているんだ。疲れて当たり前だ」

「仕事はともかく、バス出勤がつらかったです。あ、ご飯は済ませてきたんですよね？　なに食べました？　当ててみましょうか」

私はふんふんと鼻を鳴らしながら、亮平さんに近づいた。

もちろん本気でスーツについたにおいで今日の夕食を当てようという気はない。冗談でふんふんすると、妙な香りが鼻先を漂っていった。

なにこれ。甘ったるい花のようなにおい。

女性の香水のような……。

「なにかわかったか？」

頭上から声をかけられ、ハッとする。亮平さんが私を見下ろしていた。

「え、えっと……牛丼？」

苦し紛れに適当に答えると、亮平さんは「不正解」と言って私の頭を平手でぽんぽんした。

「答えは、定食屋の豚の生姜焼き定食」

彼の言葉が、頭に入ってこない。

なにを食べたかなんてどうでもいい。それより、誰とどこにいたのかが問題だ。

本当に仕事だと言うなら、どういった仕事をしていて遅くなったの？

聞いても答えてはもらえないだろう。守秘義務と言って逃げられるのがオチだ。

「どうした、難しい顔をして」

スーツの上着を脱ぎ、亮平さんがこちらを見た。その瞬間、また甘いにおいを微かに感じた。

「い、いいえ別に。まだ眠いので、早く寝ます」

「それがいい。俺も風呂に入ったらすぐに寝る」

亮平さんは「おやすみ」と私の額にキスを落とし、浴室の方へ消えていった。

彼が完全に消えてから、一度ソファに腰を下ろす。

あのにおい、まさか。

昼間の佐倉先輩とのやりとりが脳を掠める。

もしや亮平さん、浮気をしてきたのかも。いつもは唇にするキスも、額でさらっと終わったし。よそよそしいような気がする。

私が妊婦だから。子供は無事に生まれてほしいけど、夜の営みはできないから、他で欲望を処理してきたというわけか。

ううん、もしかしたら本命の彼女ができたのかも。契約結婚中も、お互いに恋愛は自由だと言っていたし。

考えても考えても、いいイメージは浮かんでこなかった。

亮平さんが他の女性と一緒にいたと考えるだけで苦しくて、息すらできなくなりそうだ。

「バカ……」

この前、ふたり目の赤ちゃんの話をしたとき。

『無事に生まれておいで。男でも女でも、どちらでもいいから』

あのひとことが、どれだけうれしかったか。

子供が男女どちらでもいいと言ってくれた。

ふたり目を授かるかもしれないとも。

からかうような素振りはなかった。とても自然な口調でそう言ったから、私は亮平さんに心から愛されているのかもしれないと思ってしまった。

このまま、ずっと一緒にいられるという期待まで抱いてしまったのだ。

苦しくて、恥ずかしくて、消えてなくなってしまいたくなる。

誰といたのか、聞いてもいいだろうか。

しかし、今の自分が冷静に話せるとは思えなかった。責めたりしたら、途端に嫌われてしまうだろう。

私、いつの間にか亮平さんのことをこんなに好きになっている。

彼の本当の気持ちが知りたい。

そう思いながらも、彼に直接確かめる勇気は、どうしても出なかった。

私はベッドの中で、眠れない夜を過ごした。亮平さんの広い背中を眺めていたら、涙が頬をつたっていった。

翌日起きてリビングに行くと、亮平さんがキッチンに立っていた。

「おはようございます。どうしたんですか？」

「おはよう。昨日疲れていたようだから、朝食を用意しておいた。意外に早かったな」

亮平さんがテーブルに置いたのは、目玉焼きとトーストの簡単な朝食だった。

当番は私だし、彼も昨夜は遅くて疲れているはずなのに。まさか、浮気の罪ほろぼし？　いや、前にも当番を代わってくれたことが何度かあった。冷静になろう。

「早い？　いつも通りじゃないですか？」

時計を見ると、やはりいつもと同じ時間だった。

「今日は検診のために仕事を休んだんじゃなかったか？」

「えっ」

そうだっけ。自分のスマホで予定を確認すると、たしかに今日は休みになっていた。検診の予定も書いてある。

「忘れてたのか。覚えていたら、もっと寝られたのに」

くすくす笑う亮平さん。

ほんとだ。もっと寝ていればよかった。

じゃなくて、普通、大事な検診の日を忘れる？　自分が怖いよ。

「作りたての食事を食べられるから、早起きしてよかったです」

ムリヤリ納得して、椅子に座った。

「間違いない。作りたてはどんな料理でもおいしく感じるものだ」

私たちは向かい合い、朝食をとった。焼きたてのトーストも卵焼きも温かくておいしかった。

出勤する亮平さんを見送ってから午前中の家事を終わらせた私は、準備をして検診に出かけた。

特に異常なく検診は終わり、白黒のエコー写真を手帳に挟んで家に帰る。

まだ性別がわかるようになるまでは、何か月もある。それまでずっとハラハラして過ごさないといけないのか。

はあ、とため息が出る。

亮平さんは男女どちらでもいいと言っていたけど、それは建前だろう。本音では女の子がいいに決まっている。

「あー、もうこんなことばっかりやだやだ！」

路上で大声を上げてしまい、通行人がこちらをちらちらと横目で見ていく。

やっちゃった。恥ずかしくなり、こそこそと道の端に寄る。

そもそも私って、こんなにくよくよと悩む性格だっけ？　大雑把な私はどこにいった？

マタニティブルーなのかなんなのか、沈みがちだぞ。そんな暗い女と、誰が一緒にいたいと思う？

「よし、元気を出そう」

バッグからスマホを取り出し、近くにおいしそうな飲食店がないか検索する。

運動不足だし、少し散歩して、おいしいものでも食べて、気分転換しよう。

この先どうなるかなんて、いくら案じても答えが出るわけないんだから。

最近できたらしいカフェに行先を決め、スマホのナビに従って歩きだした。

赤ちゃんが生まれたら、気軽に外食をする機会も減るだろう。

今のうちに、ひとりで楽しめることをしなきゃ。

そうだ、映画も見に行っちゃおうかな。お母さんもおばあちゃんも、今のうちに遊んでおけって言ってたし。

晴れた空の下を自分のペースでゆっくり歩いていると、不思議と心が軽くなった。

十数分後、目的のカフェが見えてきた。

小人の隠れ家のような、控えめだけどかわいらしい雰囲気に、目元が緩んだが。

「……え?」

向かい側から歩いてきた人のシルエットがあまりにも亮平さんに似ていたので、思わず立ち止まってしまった。

隣には知らない女の人。真っ黒なボブヘアに、赤い口紅が映える白い肌。

あちらは気づいていないようなので、私は手近なお店の看板の陰に隠れた。

隠れる必要なんてないのに。堂々と彼らの前に立てばいい。頭で思っても、体が動かない。

どくどくと、胸が早い鼓動を打つ。

亮平さんの眼鏡が光を反射する。どのような表情をしているのか、よくわからない。距離があって女性の顔もよく見えない。

亮平さんが優しく彼女をエスコートするように、カフェの扉を開ける。

彼女の口元が妖艶に微笑んだのが、かろうじて見えた。

彼女が店内に入ったのを確認し、亮平さんがゆっくりと丁寧にドアを閉めた。

「どういうこと……」

目の前で閉ざされたドア。せっかく持ち直しかけた私の心も閉ざしていく。

亮平さんは今日も仕事のはず。毎日たくさんの予定が入っていて、外で遊ぶ暇なんてないはずだ。

「あ、もしやクライアントさん？」

ひとりでブツブツ言っている私の後ろで咳払いが聞こえた。振り返ると、隠れた看板のお店の店員らしき人がこっちをにらんでいた。

「す、すみませんっ」

謝り、来た道を早足で戻る。カフェの中に乱入する勇気は、とてもなかった。

彼女はクライアントだ。そうに違いない。

あんなにフェロモン垂れ流しなんだもの、ストーカー被害に遭ったりとか、するだろう。きっとそういう相談に違いない。

でも、クライアントだったら、他人がいるようなところで込み入った話をするかな？

クライアントと弁護士として出会ったのがきっかけで意気投合し、人目を忍んで会うようになったとか……。

あんなに素敵な佐倉先輩でさえ浮気されるんだ。特に取り柄のない私が浮気されても不思議じゃない。

ううん。亮平さんはそもそも私のことが好きじゃなかった。だから浮気じゃない。

きっと本気だ。彼女が本命なんだ。

どんどん思考がネガティブになってしまい、自分でも呆れるくらい胸が痛んで涙が溢れてきた。

けれど頭の片隅にかろうじて残っている冷静な自分が、なにもわからないのに決めつけるなと言っている。

そうだ。これじゃ被害妄想が広がるだけで意味がない。

妊娠中の私は、メンタルも通常運転できていないんだ。

私はタクシーを拾い、家に帰って休むことにした。


帰ってベッドに潜り、ごろごろしているうちに昼寝してしまったようだ。

夕方に起きた私は、もう家事をやる気なんてゼロ。でも、やらなきゃ終わらない。

乾燥まで終わった洗濯物を片付け、夕食の準備に取り掛かる。

日に日に強くなるつわりと戦いながら、なんとか食事の用意を終えた。

「ただいま」

亮平さんが帰ってきた。玄関まで出迎える気力もなく、私はぐでんとソファに沈み込んでいた。

「どうした、環奈。体調が悪いのか」

リビングで二日続けて死体のようになっていた私を見つけ、亮平さんは眉間に皺を寄せた。

「つわり……」

強いにおいがダメなのに、よりによって魚を焼いてしまった。だって、たまには魚も食べた方がいいと思ったから。

「ムリすることないのに。ベッドで休むか？」

「大丈夫」

昼ご飯もスキップしてしまった。夜はなにか食べないと、栄養不足で倒れてしまう。現に、貧血を起こしているのか、体に力が入らない。

「ノンカフェインの栄養ドリンクがあっただろ」

「ああ、この前買ってくれたっけ」

「あれを飲んで寝るといい。現代人は一日食べなかっただけで死にはしない」

そりゃそうだ。彼が落ち着いているから、私も現実に戻って来られる。赤ちゃんのためにと思いすぎてもよくないよね。

「俺のために食事を用意してくれたんだな。ありがとう」

「亮平さん……」

いつも通り、優しい彼。

じんわりと胸が熱くなる。この優しさを素直に受け止められたら、どんなにいいだろう。

「自分で動けるか？　寝室まで運ぼうか」

「大丈夫。もう少しここで休んでいるから、お風呂に行ってきて」

「そうか。わかった」

亮平さんはテーブルの上にスマホを置き、部屋から出ていった。

彼はいつも、お風呂までスマホを持っていくことをしない。いつもは特別気にならないけど、今日は違う。

のっそりとソファから離れ、テーブルに近づく。

弁護士の彼のことだ。ロックをしてあるに違いない。しかも今は生体認証つきのスマホがほとんどだ。

って、私なにを考えているの。ロックされていなかったら、どうするっていうの。

「ダメダメダメダメ。そういうの、絶対にダメ。自分がされて嫌なことは、他人にもしない」

後ろ髪を引かれる思いで、スマホから顔を背けた。その瞬間、テーブルに振動が伝わって大きな音がした。

びくりと体が震えた。意思に背いて動いた顔。目はその画面をとらえていた。

メッセージアプリの画面だ。メッセージの送り主と本文の冒頭が、小さい窓で表れる。

『今日はありがとうございました。また是非ご一緒……』

そこまでしか待ち受け画面には表れなかったけど、『ありがとうございました』のあとにハートマークがついている。

そのうえ、アイコンは綺麗な女の人の顔写真だった。

ぶわああああああっと全身が総毛立つ。

見ちゃった。現行犯。違うか。証拠だ。やっぱり。

混乱して立ち尽くす。思考が繫がらず、単語しか浮かんでこない。

数秒後、画面は黒一色に戻った。私はその黒い画面を見ていた。

どれくらいそうしていただろう。リビングのドアが開いた途端、私はそちらをにらんでいた。

「立って大丈夫なのか。ん？　どうした？」

「どうしたじゃありませんっ！」

大きな声が響いた後で、自分が叫んだのだとわかった。

きょとんとした彼の顔に、余計に腹が立つ。

「亮平さん、彼女がいるんでしょ」

「は？」

「だって、見たもの。今日の昼間、女の人と歩いてた」

「なんだって？」

亮平さんが一歩近づく。私は一歩引いた。

「それに今、ハートマーク付きのメッセージが、女の人から」

そこまで言って、口を閉じた。亮平さんの眉間にみるみるうちに深い皺が刻まれたから。

私、なに言ってるんだろう。

私が彼の恋愛に口を挟む権利はない。そもそも、恋愛は自由という契約だ。

「スマホを見たのか？」

「ちが、見えただけで」

「そこに座っていれば見えないだろう。スマホが鳴ったときにわざわざ立ち上がってのぞき込んだんじゃないのか」

厳密に言うとちょっと違うけど、だいたいその通りだ。完全に反論を封じられた。

「俺のスマホには、クライアントからの連絡が入ることもある。見ていいか悪いかの判断くらい、環奈ならできると思っていた」

怒りを押し殺したような声に、背中が震える。

守秘義務がある弁護士のスマホをのぞいたりしては、絶対にいけない。そんなのわかっているけど。

「別に、彼女がいるならいるって言えばいいじゃないですか。昨夜帰ってきたときも、スーツから甘いにおいがしたもの」

口から零れるのは、嫌な言葉ばかり。

「そんなものはいない」

「隠す必要ないのに」

「そんなに俺が信じられないのか?」

まるで本当の夫のようなセリフを吐く亮平さん。平静を装っているけど、全身から苛立ちが迸っている。

そんなに怒るってことは、図星なんじゃないの?

「もういいです」

これ以上言い争いをしたくなくて、会話をぶった切った。弁護士の亮平さんと口論で勝てるわけがない。

リビングを出ていくとき、ドアが閉まる直前で亮平さんの大きなため息が聞こえた。

ため息をつきたいのはこっちだ。

わざと大きな音を立ててドアを閉めてやった。

なによ。今まで思い切り甘やかしておいて。もしかしたら愛されているかもと、勘違いしてしまったじゃない。

どうせ外に彼女を作るなら、もっとうまくやってよ。

弁護士なんだから、証拠が残らないように、完璧に隠しきってくれたらよかったのに。

先にベッドに潜り込んだ。そのうち彼も来るだろう。

ちょっと冷静になってからなら、普通に話ができるかもしれない。

そんな私の期待は、見事に裏切られた。

亮平さんは、朝になっても寝室に来ることはなかった。

八章　近くにいる

家庭内別居とはこのことか。

初めてのケンカをしてから、私たちは互いに距離を置くようになっていた。朝起きる時間を少しずらしたり、なるべく顔を合わせないようにして二日が経った。

亮平さんがなにを思っているのか、見当もつかない。おそらく、スマホをのぞき見た私に怒っているのだろう。

でも私が見たのは、クライアントの情報でもなんでもない。ハートマーク付きの浮気メールだ。厳密には浮気なのか本気なのかわからないけど。

そもそも亮平さんが甘いにおいをつけて帰ってきたり、昼間綺麗な女性とデートしたりしていなければ、スマホが気になることもなかったわけだし。

うだうだ考えながら仕事をしていると、スマホにメールが届いた。机の下でそれを開く。それは鳥居さんからのものだった。

ああ、そうだ。明日の土曜日は潤一と会う予定の日だった。

亮平さんとケンカをして、潤一のことなど完全に頭の中から消えていた。

昼休みに倉庫で電話をかけると、すぐに鳥居さんの声が聞こえてきた。

『お忙しいところすみません。明日はいよいよ滝川と会う日ですよね。高須先生がボイスレコーダーを持っていますので、それをお使いください。細かい指示はメールで送ります』

「わざわざ鳥居さんに電話させるんですね、あの人」

毎日家で会うんだから、そこで言えばいいのに。

『いやいや、先生もなかなか忙しくて。で、当日のことなんですが』

鳥居さんは、潤一とうまいこと話をして、今の住所や本名を聞きだせとハードルの高いことを要求してくる。

「自信がないです。殴っちゃいそうで」

あいつに貯金のほとんどを奪われ、おばあちゃんが怪我したことを思い出すと、やはり怒りが湧いてくる。

『お気持ちはわかりますが、傷害罪になってしまうのでそれはやめてください』

冗談なのかなんなのか、半笑いの鳥居さんの声が耳元で響いた。

『もちろん、僕もリモートで様子を見ています。滝川に警戒されないよう、現場には事務の者に行かせます』

弁護士バッジをつけた鳥居さんが近くにいれば、潤一に気づかれるかもしれない。相手が亮平さんは結婚式場で一度潤一と遭遇しているから、彼も同席はできない。

警戒してなにも話さなくなる。

あのやる気のなさそうな事務員さんなら、普通のOLに見えるだろう。

「事務員さんがパソコンかなにかを持ち込むんですか？」

『そうです。彼女、こういうスパイみたいな活動だと俄然張り切るんですよ。事務職はつまらないみたいで』

たしかに、いつでもつまらなそうな顔をしている。

まあ、仕事だもんね。好きな仕事を楽しんでやっている人ばかりじゃないものね。

「じゃあ、帰ってまたわからないことがあったら連絡しますね」

『ええ。高須先生に聞いてくださってもかまいませんけど』

亮平さんもこの件は全部承知しているはず。

「いやー。えーと、今、実は冷戦中でして」

『え？　この大事な時期にケンカでもしたんですか？』

まさにその通り。この大事な時期に、どうしてこんなことに。

いや、この大事なタイミングで仕事をサボってデートしている亮平さんが悪いんだもん。

『だからか。先生、奥さんと結婚してから表情が柔らかくなったって事務所で評判になっていたんですよ。なのに最近、またアンドロイドみたいになってしまって』

アンドロイドって。亮平さん、血が通っていない冷徹弁護マシーンとでも思われていたのかな。

たしかに、最初会ったときは冷たくて変な人だと思ったもの。やっぱりみんなそう感じていたんだ。

でも本当は違う。亮平さんはアンドロイドなんかじゃない。ちゃんと血の通った人間だ。

ただちょっと、他人との関わり方がわからなかっただけで……って、やめよう。

きっと彼は、私が庇ったら嫌がるに違いない。

『早く仲直りしてくださいよ。事務所のみんなが怯えています』

「へへ……すみません……」

『じゃあ、休憩中にすみませんでした。午後も頑張ってくださーい』

軽い口調で、鳥居さんは電話を切った。いつも忙しそうだ。

ふうと自然に小さなため息が出る。

亮平さんと口をきかなくなって何日も経たないのに、ずっと首が真綿で絞められているような息苦しさを感じる。

私、彼がいないと満足に息もできないようになっちゃったのかな。

でも、誰かと本当に結婚したとしたら、死ぬまで一度もケンカをしないなんて不可能じゃない？

ケンカをしても、仲直りできるスキルを身につけることが重要なのか。

結婚って、大変だなあ。

私は嫌なことがあっても溜めて溜めて、限界が来たときに爆発してそれまでの不満をぶちまけるという一番タチが悪いタイプだと自覚している。

そして、おそらく亮平さんも同じタイプだ。

頑張って相手に合わせているうちに不満が溜まっていくけど、なかなか言い出さない。

そして爆発するときには、今のように無言で相手から距離を取るのだろう。

亮平さんの不機嫌そうな顔を思い出すと、目じりに涙が滲んだ。誰もいない暗い倉庫で、ぎゅっとスマホを握りしめる。

このままの状態でいるのはつらい。

潤一のことが片付いたら、一度話し合おう。

彼に恋人がいるのなら、私はもう同居はできない。子供はひとりで生む。

だって、私は亮平さんが好きなんだもの。彼が他の女性の影をちらつかせる家に一緒にいるのはムリだ。

おばあちゃんをまたがっかりさせてしまうのは本当に本当に心苦しい。だけど、私の人生は私のものだから。


その日家に帰ると、珍しく亮平さんが先に帰ってきていた。

「ただいま帰りました」

「おかえり」

ただそれだけの挨拶を交わし、気まずい沈黙が落ちる。

「明日、潤一と会う日ですね」

「そうだな。ボイスレコーダー、そこに置いてあるから」

事務員さんもパソコンを持って現場に来ると言っていたけど、より鮮明な音声が欲しいのだろう。

亮平さんは初めて会ったときと同じ、抑揚のない声で使い方や注意点を説明した。

「鳥居が指示を出すから、その通りにするんだ」

一応耳にイヤホンをし、リモートで彼の指示が聞こえるようにしていく予定だ。

うっかり髪を耳にかけたりしないように、気をつけなくては。

「彼はお調子者に見えるが、優秀な弁護士だから安心していい」

「亮平さんは仕事ですか？」

決して責めているわけじゃない。

が、お互いに昼間のデートが溝を生んだことを思い出したのだろう。一瞬静かになった。

「ああ。大事な仕事がある」

ということは、彼は明日、私の近くにいないということ。鳥居さんと一緒にいるわけでもない。

途端に心細さに襲われる。私、鳥居さんの指示通りうまくやれるだろうか。

「そう……わかりました」

ボイスレコーダーを手に取り、亮平さんを見上げた。

まだ、明日決着がつくとは限らない。下手なことは言えない。

「ひとつだけ言っておく」

亮平さんは私を見下ろして、呟いた。

「俺には彼女なんていない。いるのは妻である環奈ひとりだけだ」

「……そうなんですか？」

一緒にいる現場を見た。親密そうなメールの冒頭も。

疑う余地はまだまだあるのに、亮平さんが生真面目な顔でそう言っただけで、心がふわりと軽くなる。

私は彼に、否定してほしかった？

ううん、違う。

亮平さんが私を「妻」と呼んでくれたのがうれしいのだ。

「細かい説明は今は避ける。他のことを忘れるといけないから」

なにそれ。たくさん情報を入れると、肝心なことを忘れてしまうとでも？　私の頭をニワトリ並みくらいに考えてない？

せっかく心が軽くなったと思ったのに。さっそくちょっとムカッとしてしまった。

明日が無事に済んだら、絶対に問い詰めてやる。

私を妻と呼ぶのなら、それくらいの権利は与えてもらっていいはずだ。

「わかりました。明日帰ってきたら話をしましょう」

「ああ。今日は事前に送られてきた分の指示を覚えることに専念してくれ」

「はい」

返事をしたちょうどそのとき、インターホンが鳴った。亮平さんが宅配ピザを注文しておいてくれたらしい。

「食べられるか」

つわりのことを心配してくれているのだろう。

ケンカしたときのトゲトゲしい雰囲気はいくらか和らいでいた。喉の違和感も少しは楽になった。

「はい。ありがとうございます」

夫婦って、こうやってなんとなく仲直りしていくものなのかな。

ふたりで食べる宅配ピザは、一人きりで食べる手作りの料理より、おいしく感じた。

翌日、亮平さんは私より先に家を出ていった。

土曜日も仕事のメールのやりとりをしているのは見たことがあるけど、事務所に行くのは珍しい。

そもそも、私が子供を生む代わりに、彼が潤一に確実に賠償させるというのが、私たちの契約だ。

亮平さんは鳥居さんと共に詐欺の証拠集めや訴訟の準備をぬかりなくやっているはず。信じるしかない。

私は少しだけ膨らんだように感じるお腹をカバーできる、ゆったりしたデザインのワンピースを着て出かけた。

あの潤一のことだ。私の変化など気づかないはずだけど、結婚や妊娠のことは悟られない方がいいだろう。

とにかく今日は話をするだけだ。冷静に、冷静に。

亮平さんのボイスレコーダーをバッグに入れる。深呼吸をし、玄関のドアを開けた。


潤一が指定した店は、どこにでもあるファミレスだった。

中に入ると、たくさんの客で賑わっていた。ここなら込み入った話も雑音の一部になってしまうだろう。

見渡すと、奥の方の席に亮平さんのところの事務員さんがいた。

いつもはかけていない眼鏡をしている。変装のつもりだろうか。

彼女と関わりがあると思われてはいけないので、視界に入れつつ目を合わせないようにして、隣の席に座った。

ソファ型の座席を挟み、事務員さんと背中合わせになる。

とりあえずドリンクバーを注文し、トイレへ向かう。そこで小型イヤホンを装着し、ボイスレコーダーのスイッチを入れた。

スマホで鳥居さんに到着の連絡を入れる。するとブルートゥースで繋がったイヤホンから鳥居さんの声が聞こえた。

『僕はすぐ近くにいます。落ち着いて行動してください』

「はい」

小さく返事をし、個室を出た。すでに嫌な汗がスマホを持つ手のひらを湿らせていた。

飲み物を持って席に戻り、時計を見上げた。

約束の時間の少し前。まさか、すっぽかされやしないでしょうね。

というのは杞憂だったようで、約束の時間きっかりに、潤一が店の扉を開けて現れた。

グレーのパーカーとジーンズという、高校生のようないで立ちだ。

きょろきょろと店内を見回した潤一は、私を見つけてそそくさと寄ってきた。

「久しぶり。少し痩せたか？」

私の向かいに座った彼は、店員さんを呼んで同じくドリンクバーを注文した。

店員さんが放っておいてくれる代わりに、自分で動かなくてはならないのがドリンクバーだ。

コーラを持って寄ってくる彼は、なんとも言えず間抜けだった。

「さて」

コーラをストローで少しすすった潤一は、眉を下げてこちらを見た。

「いきなり連絡できなくなってごめんな。どうしようもない理由があって」

詐欺に気づいた日のことを思うと眉間に皺が寄りそうだったけど、なんとか耐えた。

さらに結婚式場で私に吐いた暴言を、すっかり忘れているかのような口ぶりだ。

「なにがあったの？」

鳥居さんの指示通り、冷静な態度で聞く。

「実家の親父が大腸癌になってさ。保険がきかない先進医療を受けるのに、どうしても金が必要になって」

「うん」

「俺の貯金も使い切って、お前と共同で貯めた金も貸してもらった。ごめん。親父をどうしても助けたくて」

潤一は今にも泣きそうな顔で懺悔する。

心から反省しているように見えないこともないけれど、言っていることはめちゃくちゃだ。

「そうだったの。大変だったね。早く相談してほしかった」

「もう、実家が修羅場でさ……。お前に心配や迷惑をかけたくなかったし」

いやいや、お金を持ち逃げした時点で、非常に迷惑かけてるから。

「で、お父さんの病状は今どうなの？」

質問をしてみると、潤一は焦った様子もなく話す。

「抗がん剤をやっているけど、なかなかよくならない。手術をしなきゃ治らないって」

おいおい、先進医療はどうなった。それっぽい機械の名前とか薬の名前とか、ないんかい。

心の中でツッコミながらも、こちらも気の毒そうな顔を作る。

「そうなの」

「うん」

会話が途切れた。

すかさず鳥居さんから『今住んでいるところは?』と質問が来たので、そのまま尋ねた。

「言えない。借金取りが来るかもしれないから、お前を巻き込みたくない」

「私は大丈夫よ」

「そういうわけにはいかない」

さすが、何件も詐欺を働いてきた常習犯だ。鳥居さんもあきらめたらしい。次の指示が飛んできた。

「結婚式場で会ったとき、他の女の人があなたを違う名前で呼んでいたよね。あれはどういうこと?」

決して責めないように、穏やかな口調を心がける。すると潤一は額を押さえ、苦しそうな顔をした。

「あのときはほんとごめん。ちょっと病んでて……本当の自分じゃなかった」

なるほど、あのときの暴言を、精神的に追い詰められていたからという言いわけで、なかったことにしようというのか。

だんだん怒りを通り越し、呆れてきた。

「お前にとってもキツイ話だと思うけど、どうにも金が必要で首が回らなくなって、あちこちの友達から金を借りてたんだ」

本当だとしたら、最低だな。

私が知っているだけで三人騙している潤一なら、お父さんの病気をネタに、いろんな人から借金をしていても不思議ではない。

「お父さんのためだものね」

「そうそう。で、友達の友達のあの女に金を借りたんだけど、あれが最強のメンヘラでさ。金貸したから結婚しろっていうわけ」

被害者をメンヘラ扱いかい。彼女が病んでいたというなら、そうさせたのはあなたじゃないか。

鳥居さんから「そのましゃべらせて」という指示が出た。潤一の話を聞き続けるのはとても不快だけど、仕方ない。

「メンヘラだっていうのは最初から聞いてたから、本名を教えたくなくて。だから滝川潤一が本名で間違いないよ」

「ふうん……」

じゃあ今すぐ免許証か保険証を見せてください。

と言うわけにもいかず、ひとまずうなずいた。

「結婚式場で逃げたのは、パニックになったからだ。環奈と一緒にいた男が弁護士だなんて言うから」

「あれも嘘よ。私はあなたが浮気していたと思っていたから、友達の彼に相談していただけ。彼はあなたを改心させるために嘘をついたの」

イヤホンから『それでいいです』と聞こえた。弁護士が後ろにいるとは思わせない方がいい。

「そうか」

潤一は心から安心しきったような、深いため息をついた。

「とにかくいろいろあったけど、やっぱり俺は環奈のことが好きだってことに気づいたんだ」

「ふぁ？」

いきなり突拍子もないことを言われ、変な声が出てしまった。

なに言ってるの、この人。

「俺とやり直してほしい。俺を支えてくれないか」

「でも、借金あるんでしょ」

いや、借金があるから支えてほしいのか。最低すぎる。

「愛があればふたりで乗り切れる！」

飲み物に添えていた手を握られ、めまいがしそうになった。

それって、私から言い出すならともかく、そっちから言うことじゃないでしょうよ。

それに、本当に私を愛しているなら、苦労なんかさせたくないと思うはず。

さっきの「迷惑をかけたくないから住所は教えない」という発言と、思い切り矛盾してる。

いやもう矛盾とかじゃなく、支離滅裂だ。わけがわからなくなってきた。

「そ、そうね……愛さえあれば……」

もう愛想笑いも限界だ。ムリヤリ上げた頬が痛い。

「と、その前に」

握った手に一層力を込め、潤一が言った。

「ひとまず、少しだけ金を貸してくれないか。今、すごくリターンが大きい投資をやってるんだ。来月末に金が入ってきたら、すぐに返すから」

絶対嘘じゃん！　まず、持って逃げたお金返してよ！

心の中で絶叫した。声に出さなかった自分を褒めたい。

とりあえず、握られた手を振りほどきたくてたまらない。

どうして私はこんな嘘つき男に騙されたんだろう。見る目がなさすぎた。

なにもかもぶちまけてしまいたい。そんな嘘が通用するものかと、思い切り罵倒したい。

鳥居さんには悪いけど、この男にいい顔をして情報だけを得るのはムリだ。正直な気持ちをぶつけてやりたい。

亮平さんと鳥居さんの作戦がダメになる覚悟で、私は潤一の手を振り払った。潤一が目を見開く。

そのとき、イヤホンから鳥居さんとは別の声が聞こえてきた。

『環奈、聞こえるか』

思わず声が出そうになった。

名乗らなくても、声でわかる。亮平さんだ。

『作戦を変更する。もう愚鈍な人間を演じなくていい。君は君のままでその男と話をしろ』

潤一の口が開く。なにか言っているようだが、私には亮平さんの声しか聞こえない。

『俺を信じろ。俺は君の近くにいる』

亮平さんがいてくれる。

仕事を早く終わらせて、駆けつけてくれたのだろうか。

彼が近くにいると思うと、怒りが波にさらわれていくような気がした。代わりに勇気が湧いてくる。

「おい、大丈夫か？　放心して」

潤一が私の顔をのぞき込み、目の前で手をひらひらさせた。

「大丈夫。びっくりしたの」

「そうか。そうだよな。急だったもんな」

ホッとしたような潤一は、無事に私を騙せたとでも思ったのだろうか。そうはいかない。

『結婚の意思を確認しておこうか』

亮平さんの声に即座に反応する。

「私がお金を貸せば、今度は逃げない？　ちゃんと結婚する気はあるの？」

遠慮なく目に力を込めた。眉は吊り上がっていることだろう。逆に潤一は眉を下げた。

「怒っているよな。信じられなくてもムリはない。でも俺は、本当にお前のことが」

「好きかどうかじゃない。結婚するかしないかって聞いてるの」

潤一が返答に窮した。喉になにかを詰まらせたような顔で、次の言葉を思案しているようだ。

「する」

すごく渋々といった風に、彼はうなずいた。

自分から支えてくれって言っておいて、なぜ結婚を渋る。

やっぱり、お金を貸してほしいだけじゃない。

「前もそう言って、あなたは私を騙して逃げたのよ。本当に私と結婚する気があったなら、お父さんのことでごたごたしてたってちゃんと連絡したはずよ」

「だから、心配と迷惑をかけたくなかったんだって」

「お金持ち逃げしてなに言ってるの。音信不通の方がよっぽど迷惑だよ。顔合わせがキャンセルになって、私のおばあちゃんはすごくがっかりして……転んで、危うく寝たきりになるところだったんだからね」

早口でまくしたてた私から、潤一は忌々しげに顔を背けた。

「老人はどうしたってすぐ転ぶだろ。俺のせいにするなよ」

小さな声で彼が言ったのを、私は聞き逃さなかった。

「ひどい人。私の家族を思いやってくれない人にはお金は貸せないし、結婚もできない。もっとも、あなたに結婚するつもりなんてさらさらないんでしょうけど」

言葉にトゲを含ませ、潤一に放つ。

しかしこんなことでへこたれる相手ではない。

「そういうお前は俺の親父をいたわってくれないわけ？」

「もちろん心配してるよ。是非直接お見舞いに行かせて」

「それは……今無菌室にいるから、ムリなんだ」

途端に答えがしどろもどろになる。

彼はまたもや嘘をついている。

大腸癌患者は、無菌室になんて入らない。そういう部屋に入るのは、結核とか白血病、あるいは特殊な感染症の人などだ。

なぜそんなことを知っているかというと、友達のお父さんが大腸癌で早く亡くなったことがあるからだ。そのときまだ実家にいた私は、両親が病院の話をしているのをよく聞いていた。

潤一はずっとこうして、その場しのぎの嘘でやり過ごしてきたのか。

これからもそのやり方で生きていけると思ったら、大間違いなんだから。

イヤホンからクスクス笑う声が聞こえた。

『いいぞ。もっと困らせてやれ。誓約書なんてどうだ？』

亮平さんも、この会話を聞いていて、大腸癌で無菌室は苦しいと思ったのだろう。

「わかった。じゃあ、ここに紙があるから」

鳥居さんに忘れそうなことをメモするように言われて持ってきたA４ノートを開いてテーブルの上に出した。上にボールペンを乗せる。

「前に持ち逃げしたお金を返済しますっていう誓約書と、今からお金を貸すならその借用書と、ちゃんと結婚しますっていう誓約書を書いて」

「は？　そんなものがないと、俺を信用できないのかよ」

潤一の顔色がどんどん土色に近くなってきた。

彼は腕組みをし、ボールペンを持とうともしない。

「あった方が、なにかと安心でしょ」

にっこりと微笑んでやると、潤一はついに大きな舌打ちをした。

「じゃあ、あとで書いて送るよ。いきなり書けって言われても、書き方がわからないし」

「そうだよね。じゃあ、スマホで調べよう。忙しいのに家でこんなのひとりでやらせられないよ」

私がスマホを出すように促すと、潤一は苛立たしげにテーブルを叩いた。

大きな音に肩が震えた。今まで無視してくれていた周囲の客の目線が集まる。

「もういい。そんなに俺のことが信用できないなら、お前とはこれで終わりだ」

捨てゼリフを吐き、座席から離れようとする潤一。そうはいくか。

「待ってよ。私だってあなたと結婚なんかしたくない。でも、持ち逃げしたお金は全額返しなさい！」

荷物はそのままにして立ち上がる。自分のドリンクバー代さえ払わずに店を出ていこうとする潤一を追いかけた。

「お客様、あの」

「うるせえ！」

寄ってきた店員さんを突き飛ばした潤一を見て、一瞬怯んだ。

乱暴なことをされたら、お腹の子が危ない。この子になにかされるわけにはいかない。

もう一度声をかけようかどうか悩んでいるうちに、潤一は入り口のドアを開けようとした。

逃げられる。そう思ったとき、突然潤一が歩みを止めた。

「もう逃げるのはやめましょう」

潤一の背中越しに、入り口から入ってきた人の顔が見えた。それは紛れもなく、眼鏡をかけて前髪をビシッとセットした亮平さんだった。

ファミレスには不似合いな高級スーツを着た彼に圧倒されるように、潤一が一歩後ろに退く。

「前野悟《まえのさとる》さん。あなたはこの三年で十件以上の詐欺事件に関わっていますね」

「お前、環奈の友達か。刑事だったのか」

「いいえ、弁護士ですよ」

亮平さんは胸につけた弁護士バッジを指さして見せた。

「お前、騙したな！　やっぱり弁護士じゃねえか！」

「あなたに言われたくないっ」

鬼のような顔で振り返った潤一に言い返した。

「とにかくお店の迷惑なので、外に出ましょう。私の事務所でゆっくりお話を」

「ごめんだね！」

亮平さんを押しのけ、外に走り出した潤一。しかし亮平さんは慌てる様子がない。

私の手をとり、一緒に外に出ると、駐車場に人だかりができていた。

「あれって」

駐車場で、女性たちがなにかを取り囲んでいる。

近づくと、潤一――本名は前野悟というらしい――が彼女たちの真ん中でオロオロしていた。

十数人の女性と鳥居さんが彼を逃がさないように、隙間のない輪を作っている。

「やっと見つけた！」

「ふざけるんじゃないわよ！」

「お金返せー!!」

阿鼻叫喚の渦が巻く。

潤一はあっちを向いてもこっちを向いても、般若のような女性たちに罵倒され、青ざめていた。

その中には、結婚式場で会った女性と、事務所にアポなしで乗り込んできた茶髪の女性が混ざっていた。

それに、亮平さんとカフェに入っていき、夜にスマホにメッセージを残した、赤い口紅の美人さんも。彼女はクライアントだったのだ。

「前野悟さん。ここにいるのは、あなたの被害者の会のみなさんです」

被害者の会って。いつの間にできたの？

亮平さんを見上げると、彼はこちらを見て薄く笑った。

「彼女たちに指一本でも触れたら警察を呼びます」

今にも潤一に噛みつきそうな彼女たちだが、誰一人手を出す者はいない。入念な打ち合わせをしてきたのかな。

潤一に手を上げたら、彼女たちが逆に不利になる。本当なら殴ってやりたいところだが、必死に自分を抑えているのだろう。

「観念しなさい。あなたはこれだけの人を傷つけた。もう逃げられません」

亮平さんが一歩近づく。と、一瞬静かになっていた彼女たちがまた呪いの言葉を口々に吐き出した。

許さない。バカ。あほ。マヌケ。詐欺師め。

それに、ちょっと私の口からは言えないようなひどい言葉も。

傍から見ても震えるくらい、女性の怨念の怖さを思い知る。

「君もどうだい？」

「ん……じゃあ」

私も被害者の会の輪に近寄り、思い切り息を吸い込んで放った。

「お金返せ、この強欲詐欺師！　あと、うちのおばあちゃんに謝って！　治療費と慰謝料も、よろしく！」

ぎゃあぎゃあと喚くカラスの群れのような彼女たちの声に紛れ、潤一まで届いたかはわからない。

が、溜めてきた鬱憤が少しは晴れたような気がした。

女性たちの呪詛を数分聞き続けた潤一は、頭を抱えて座り込もうとする。それを鳥居さんが支えた。

「さあ、そろそろ本気でお店の迷惑なので、場所を変えましょう。みなさん、行きますよー」

このままだと私たちが営業妨害で訴えられそう。

鳥居さんの引率に、潤一を取り囲んだ女性たちがわらわらとついて移動していく。

「この後は俺と鳥居に任せて。君は彼女が送っていくよ」

亮平さんに言われて振り返ると、私の荷物を持った事務員さんが立っていた。

「先生、これ経費で落とせます？」

どうやら私の分も支払いを済ませてくれたらしい。ファミレスの領収書をひらひらさせて、彼女はつまらなそうな顔で言った。

「ええ、もちろん」

「よかったです。じゃあ奥さん、行きましょうか。妊娠しているのにあの怨念の渦の中にいることはおすすめしません」

少しも笑わず、事務員さんはポケットから車のキーを取り出した。素っ気ないけど、私を気遣ってくれているようだ。

どうやら、事務員さんは無表情がデフォルトみたい。

「でも……うっ」

急にお腹が捻じれるように痛んだ。お腹の中をぞうきん絞りされているみたい。

「どうした？」

「お腹……痛い……」

ぶわっと体中に脂汗が浮くのを感じた。

下腹部がこれまで感じたことのない痛みを訴える。

まさか、お腹の子供になにか起きているんじゃ。

ふらつく私を、亮平さんが両手で支えた。

九章　最高のプレゼント

いつか亮平さんと一緒に来たことがある救急外来。処置室で休んでいた私は、力なくうなだれていた。

「まあ……子供になにもなくて、なによりだったよ」

駐車場で腹痛を起こして動けなくなった私を、亮平さんと事務員さんが慌てて総合病院に運んでくれた。

妊娠しているとレントゲンを撮れないので、当直の医師はエコーの機械でお腹の中を見てくれることに。

そして入念な診察の結果下された病名は……便秘、だった。

赤ちゃんにはなんのトラブルもなく、すくすく育っているようだ。

事務員さんは呆れて、先に帰ってしまった。ちーんと沈む私の前で、亮平さんが笑いを噛み殺している。

しょうがないじゃない。座り込むほど、ものすごい痛みだったんだもん。

「すみません亮平さん」

肝心なところで亮平さんが離れることになってしまい、鳥居さんは被害者の会を統率するのに苦労したらしい。

待合室でたびたびスマホが鳴るので、その都度亮平さんは通話可能エリアまで移動していた。

そのような迷惑をかけたのに、まさかの便秘だったとは。恥ずかしいやら、情けないやら。そんなことで済んでよかったんだけどさ。

「謝る必要はない。妊娠中にはよくあることらしいじゃないか」

亮平さんは売店で買ったらしい、ルイボスティーのペットボトルを差し出した。

「でもまさか、亮平さんが来てくれると思わなかったです」

ペットボトルの蓋をなかなか開けられないでいると、亮平さんが手を貸してくれた。

「ケンカ中だったからな。でも俺は、最初からこの機会を逃すつもりはなかった」

潤一から連絡があった夜、亮平さんの顔つきが違ったものね。

「これで潤一との件は決着がつくでしょうか」

「つけるさ。すでに前野は示談にしてくれと言っているみたいだから」

亮平さんはスマホに新たな連絡が来ていないかさっと確認し、またそれをポケットにしまった。

「そういえば、昼間一緒に歩いていたあの美人さんも」

「あの中にいただろ。彼女も詐欺の被害者だ」

「偶然に被害者が亮平さんの事務所を次々に訪ねたんですか？」

私のマヌケな質問に、亮平さんは苦笑した。

「違う。君と鳥居の面談の途中にアポなしで来たお嬢さんがいただろ」

「茶髪で声が大きな？」

「そう、その人。彼女がSNSで情報を拡散したんだ」

茶髪さんは亮平さんの事務所に訴訟の相談をしつつ、SNSで前野の情報を集めたらしい。その結果、被害者から続々連絡が来て、被害者の会ができあがったのだという。

匿名の世界だからこそ、被害者たちは悩みを共有しやすかったのかもしれない。

SNSをあまりやらない私は、インターネット上で被害者を集めるなどということを思いつかなかった。もし思いついていたとしても、前野の個人情報を流すことでこちらが罰せられることを恐れ、できなかったかもしれない。

「黒髪の被害者と一緒にいたのは、全員から被害について話を聞く必要があったためだ。事務所に来てもらってもよかったけど、あの日はあの近くで別件の用事があったから、ついでに話をすることになったんだ」

被害者の方は「後ろめたいことなどありませんから」と、カフェで話をすることを了承したという。

「普通はしないが、なにせ今回は時間がなかったからね」

そうか。彼女のことを好きだったわけじゃないんだ。夜に届いたメールも、クライアントから弁護士へのメールだったのか。

「メールにハートマークついてましたけど？」

「そうだったな。彼女はビジネス用の連絡の仕方を知らないらしい」

ええ～、そうなのかな。亮平さんが彼女をただのクライアントと思っていても、彼女はそうじゃないのかも。

今後も相談と言って亮平さんに近づいてくる可能性があるんじゃない？

悶々と考え込むと、頭の上に亮平さんの手のひらが乗った。

「君に誤解させた俺が悪かった。今後は外でクライアントと一対一で会うのはやめにする」

「そうしてもらえると助かります……」

亮平さんは外見も弁護士としての能力も申し分ない。結婚していると言っても、恋愛対象として狙ってくる猛者はあとを絶たないだろう。

ああ、高スペックな人の妻になるって、意外に気苦労が多いのね。

「それほど環奈が嫉妬してくれるとは思わなかった」

髪を撫でられ、頬が熱くなる。

「ごめんなさい。恋愛は自由のはずなのに、私ってばすっかり本当の奥さん気分で」

「俺の方こそ、むきになって悪かった。俺はただの仮初の夫で、君の信頼に足る人物ではないのだと思ったら、自分自身に腹が立ってしまって」

髪を撫でていた手が顎に添えられ、上を向かされる。

「……ずっと不安だったんです。生まれた子が女の子だったら、あなたと別れることになるのかなって」

目が合ったら、そんなことを言っていた。

「私、あなたが好きです。一緒にいるうちに、いつの間にか好きになっていました」

亮平さんの目が少し丸くなる。

彼にとっては思いもよらないことだったのだろうか。でも、もう止められない。

「私を亮平さんの本当の奥さんにしてください」

なけなしの勇気を振り絞った。前野と対峙しているときより、よほど緊張する。胸が破裂しそう。

顔が熱い。耳の血管からどくどくという音が聞こえる。

じっと答えを待っていると、亮平さんは私の顎から手を離した。それを自分の顎に持っていく。

口元を隠した彼は、照れくさそうに言った。

「俺が先に言いたかったのに」

「え？」

「俺は、君は家族のためだけに俺と結婚したと思っていたから。まあ、出産後も手放す気はなかったけど」

手放す気はなかった。それって。

「環奈」

顔から手を離した亮平さんが、眼鏡を外した。

素顔で見つめられると、魔法にかかったように彼から目が離せなくなる。

「契約を解除しよう。俺と、本当の結婚をしてくれないか」

そっと手を差し伸べられる。

大きくて温かい、私を守ってくれる手のひら。

私は迷わず、その手に自分の手を重ねた。

すると、そっと握られる。

「俺が今まで言ってきたことに、嘘はひとつもない。環奈が好きだ」

目の前に、顔合わせのときの光景がよみがえる。彼は優しい顔で、真っ直ぐな目で、両親に向かって言ってくれた。

『こんなつまらない僕を、環奈さんはとても温かい気持ちにさせてくれます。笑わせてくれるし、家族思いだし。きっと、僕につらいことがあったら一緒に泣いてくれる。僕は彼女のそういうところが好きです』

弁護士のくせに、全然うまいことを言えていなかった。けれど、それは飾らない彼の本音だったから。今ならそう思える。

あのときにはもう、私のことをそんな風に思ってくれていたんだ。

胸が熱くて、じわりと目が潤む。

全部、嘘じゃなかった。演技でもなかった。

彼はずっとずっと、真っ直ぐな優しさで私を包んでくれていた。

「もう、契約書はいりませんね」

私は立ち上がり、彼の胸に飛び込んだ。

亮平さんは処置室のカーテンを片手で閉めてから私を抱き寄せ、何度もキスをした。

数か月後。

示談を希望していた前野だが、結局被害者の会との話がまとまらず、民事訴訟をすることになった。

今はまだお互いに訴訟の準備中だ。あちらはあちらで、弁護士に依頼して対策を考えてくることだろう。

たくさんの人から巻き上げたお金はほぼ使ってしまったらしく、腕のいい弁護士を雇えるかどうかは知らないけど。

亮平さんや鳥居さんは面倒くさがるかと思いきや、逆に燃えていた。

「あいつ、まだ一銭も払わずに逃げられると思っていますからね。キツくお灸をすえてやりますよ」

鳥居さんは弁護士なのに、悪役のような顔で笑っていた。

前野の話は、ほぼすべてが嘘だったことが、すでにわかっている。

彼の父親は健康で、今も普通に会社勤めをしているらしい。母親もパートをしている普通のおばさんだとか。

どんな人たちかは知らないが、子供が詐欺師になって、たくさんの女性を傷つけたと知ったら、どれだけ心を痛めることだろう。

普通の家庭で育っても、珍しい家庭環境で育っても、一概にこうなるということはない。

同じ環境でもどう育つかはその人次第だ。

彼が詐欺師になった理由など知りたくはない。どんな理由があろうと、人を騙して傷つけていい理由にはならない。

被害者の被害額も様々で、実家がお金持ちの子は何百万というお金を貢ぎ、そうでない子は風俗で働き、やっとお金を工面したとか。

そこまでして、どうして前野と結婚したかったのか。

夢から覚めた今、みんなが首をひねっていることだろう。

それだけ、前野には不思議な魅力があったのだ。寂しい人間をかぎ分けて、つけ入るセンスみたいなものも。

彼に騙されて逃げられ、鬱になり、働けなくなった子もいるとか。

お金でそれらの傷がすべて癒されるわけじゃない。いつか、すべての被害者が心安らかに過ごせる日々が来ますように。

そのために亮平さんが力を尽くしてくれる。

だから私は願うだけじゃなく、亮平さんが気持ちよく仕事をできるように、全力でサポートしようと決めた。

「ようし、今日のご飯はなににしようかな。買い物に行かないと」

臨月を迎え、私のお腹ははちきれんばかりに膨らんでいた。

今のところわかっている性別は、女の子。

だが、検診でエコー画像を見るたび、うまいこと足で肝心な部分を隠すので、正確にはわからないというのが現実。

「あまり張り切ってムリをするなよ。臨月なんだから」

休日で家にいた亮平さんが、私が持っていたエコバッグを奪う。

「それくらい持てるのに」

亮平さんは、私のお腹が大きくなるたびに、ますます私を甘やかした。

重いものどころか軽いものも持たせないし、仕事帰りに買い物をしてきてくれるし、クリーニングに服を出すとか、回覧板を回すとか、町内会の神社の掃除とか、些末なことまですべてこなしてくれる。

挙句、料理もしなくていいと言い、休日に作り置きまでしてくれるようになった。

しかもそれが結構おいしいのだ。

もともと頭がよくて考えることが好きなせいか、妊婦の体にいい食事を自ら考案し、ちゃちゃっと作る。

洗い物くらいしようと私が立ち上がったときには、もう亮平さんがシンクの前にいて、食洗器をセットしているのだ。

これでは、産休に入った私はひたすら暇だし、完全な運動不足になってしまう。それでなくても、体重が増加しすぎないように気を使わなくてはいけないのに。

話し合った結果、調子がいい日は家事をしてもいいことになった。

生む前より生んだあとの方が大変だとよく聞く。

赤ちゃんの世話プラス家事になったときに助けてほしい。仕事復帰したあとはなおさら。

正直に頼んだら、亮平さんは呆れたようにこちらを見下ろし「そんなの当たり前だろう」と言い放った。

ありがたいけど、お互いに育児と家事と仕事の両立は未知の領域だ。うまくできるかどうかは、赤ちゃんが生まれてみなければわからない。

どんなにしんどくても、協力して乗り越えるしかないけどね。

「そろそろネットスーパーや、宅配サービスにしたらどうだ」

「えーでも、売り場で直接見たいものもあるし」

特に生鮮食品は、自分の目で現物を見たい。

亮平さんが見守る玄関で、靴を履く。お腹がでっぱりすぎて、自分の足元が見えない。

「気をつけて」

靴を履いた私は、亮平さんの腕に摑まって立ち上がる。

そのとき、急にお腹が痛んだ。

「いたたた……」

便秘のときとは明らかに違う。私はゆっくりと、座り込んだ。

「どうした」

予定日まで、まだ一週間ある。まさか、陣痛じゃないよね？

じっとしていたら、少し楽になってきた。と思ったら、まるで寄せては返す波のように痛みが戻ってくる。

「う、生まれるかも」

背中がじっとりと汗で濡れる。

これはダメだ。立ち上がれない。お腹の中の赤ちゃんが、衝撃波を放っているみたい。

お腹の皮がぱんぱんに張り詰め、苦痛が増す。私は声を上げないよう、歯を食いしばった。

「本当か」

亮平さんはすぐにポケットからスマホを取り出し、かかりつけの産婦人科に電話をかける。ちゃんと電話番号を登録しておくあたり、さすがだ。

痛みで頭がぼんやりしてきた。亮平さんが電話で私の症状を話している。いつもの落ち着きはないようだ。

「はい、わかりました。よろしくお願いします」

話を終えた彼は廊下を走って戻り、しばらくして帰ってきた。その手には母子手帳や健康保険証が入っているケースとバスタオルが握られていた。

「病院に行こう」

彼は私の膝にバスタオルをかけ、ひょいとお姫様抱っこした。

妊娠してから体重が増加したし、胎盤や子供の分も加わって相当重いだろうに、亮平さんはそれを感じさせない身軽さで動く。

「ほら、一軒家でよかっただろ」

玄関を出てすぐ、車に乗せられた。

規則的に痛みが押し寄せるお腹にシートベルトをされ、さらに苦しくなる。仕方ない。耐えるしかない。

「私、どうなるの？」

「診察してみないとわからないって。予定日より少し早いから入院してお腹の張りを抑える点滴をするか、それとも」

亮平さんの言葉の途中で「わっ」と声が出てしまった。

お腹の中でなにかが破裂したような感覚。

驚く間もなく、お尻が濡れていく。

「は、破水しちゃったみたい」

慌てて持っていたバスタオルを座布団のようにねじこむ。

「となると、今から出産か。病院に電話しておけ」

「え、え、嘘、えっと。破水しましたって言えばいいの？」

「そうだ」

私よりはまだ亮平さんの方が落ち着いている。予定外の出来事にパニックになった私は、スマホを何度も落としそうになった。

なんとか病院に電話をかけて事情を説明すると、すぐに入院の手続きをしてくれるとのこと。

お産ができる病院は年々減っている。今もベッドは満床らしいけど、なんとか処置室に寝かせてくれるらしい。

病院に着くと、看護師さんが入り口まで車いすで迎えにきてくれた。すぐに診察室に連れて行かれた結果は……。

「赤ちゃんの頭が出てきてますね。このまま出産しましょう」

主治医は淡々と言った。

「ええっ」

そのような感触はしていたけど、まさかなんの心の準備もないまま出産とは。

私は薬などでもう少しもたせられないか質問した。

が、主治医は首を横に振る。

「このままだと感染の危険もあります。赤ちゃんの心音が弱らないうちに、出産されるのが最良です。幸い、今なら分娩室が空いています」

世間は大型連休中。

そのような期間のお産は特別料金がかかるので、分娩予約枠に若干の余裕があるらしい。

運がいいのか悪いのか、微妙なところだ。

「じゃあ、お願いします。環奈、君なら大丈夫だ」

「ご主人は外でお待ちください」

「ひえ～」

亮平さんがいないと思うと、途端に心細くなる。

この病院は、感染防止などの理由で立ち合い出産はできないと事前に聞いていた。

私も痛みに喘いだり、思い切りいきむ顔を見せたくないという理由で、立ち合い出産はしたくないと思っていた。

だけど、いざ分娩室にひとりだけ連れ込まれると、やっぱり亮平さんに手を握っていてほしかったと悔やんだ。

しかし、そんな後悔をしている場合じゃない。

予定日より少し早いけど、なんとか頑張って生むしかない。っていうか、この痛みから早く解放されたい。

看護師さんが手際よく分娩室の用意をし、医師がやってきた。

そこから先は、完全にひとりの戦いだった。

痛みに耐え、医師の指示通りに呼吸をし、お腹に力を入れる。

何時間そうしていたかはわからないけど、随分長くかかったような気がした。

ついにするりと体からなにかが抜けていく感触がしたと思ったら、看護師さんの声が響いた。

「生まれましたよ！」

へその尾を切られた赤ちゃんの顔を一瞬見せられたけど、痛みでぼんやりしていたせいで、よくわからなかった。

ほにゃあほにゃあと、小さいながらも力強い泣き声が聞こえて安心する。

綺麗に清拭された赤ちゃんが、再度目の前に差し出された。

「おめでとうございます。元気な女の子ですよ！」

今度はちゃんと顔が見えた。目を閉じている子ザルさんみたいだけど、愛嬌があってかわいい。

うれしさと同時に、とても不思議な気持ちが胸の中に湧き出る。

私のお腹の中にいたのは君だったのね。元気なキックをして、たまに手でお腹を押して、ずっと一緒にいたのは君だった。

エコーで顔を見ていたはずだったけど、実物は想像よりずっと素敵な顔をしているね。

きっと、パパに似て美人になるよ。

ありがとう。ありがとう。

私のところに来てくれて、本当にありがとう。

君を生むのが怖いと思った日もあった。パパに捨てられたくなかったから。

でも、今はなんでそんなちっぽけなことで悩んでいたのかと思うよ。

君は今まで生きてきた中で神様がくれた、最高のプレゼントだ。

これからも、ずっとよろしくね。

予定日より早く生まれた赤ちゃんは、小児科医の手で新生児集中治療室に連れて行かれた。

私はその姿を、ずっと目で追っていた。

一年後。

あのとき生まれた赤ちゃんはすくすくと無事に育ち、最近一歳を迎えた。

出産後すぐ、知らせを受けた実の家族が病院に押しかけてきた。が、規則で父親と祖父母までしか会えないことになっていたので、おばあちゃんはそこで大いに悔しがったという。

退院してから一か月、実家にお世話になることになり、赤ちゃんと帰省したときには、おばあちゃんは玄関から走って出てきた。一年半くらい前に腰骨を折ったとは思えない俊敏さだった。

綾香《あや か》と名づけた娘を、おばあちゃんはとてもかわいがってくれた。

授乳は私がするけど、昼間はおばあちゃんがその他のお世話をほとんどしてくれていた。

ついには「私もお乳が出ればねえ……」と呟き、お母さんにドン引きされる始末。

亮平さんは休みのたびに実家に通い、育児に励んだ。

一か月後、亮平さんと暮らす家に私が帰るとき、おばあちゃんは「寂しい」と言ってさめざめ泣いた。

けれど最後には「頑張るんだよ」と激励し、私の背中を痛いくらいの力で叩いた。

手作りの切り干し大根やら梅干しやらをどっさり持たせ、こっそりお小遣いまでくれた。

「おばあちゃん、綾香を離さないな」

数か月ぶりに一緒に実家を訪ねた亮平さんは、出されたコーヒーを飲んで苦笑した。その前にはお供えのように大量のお菓子が盛られた器がある。

「ごめんなさいね亮平さん。せっかく来てくれたのに、綾香ちゃんをおばあちゃんが独り占めしちゃって」

「いえいえ、かわいがってもらえて、ありがたいです」

今も縁側の外の庭でおばあちゃんが綾香をおんぶして、日向ぼっこをしている。

「綾香ちゃんのおかげでおばあちゃん、すっかり元気になったのよ」

「ひ孫パワーってすごいね。もう孫の私には見向きもしないもの」

お母さんと私の話を聞き、亮平さんはクスクスと笑った。

すると普段は耳の遠いおばあちゃんが、こちらにつかつかと寄ってきた。

「独り占めってなんだい。私はね、あんまりパパママにべったりだと、結婚式のときに大変だろうと思って慣れさせてたんだよ」

実は明後日に、私と亮平さんの結婚式が控えている。赤ちゃんがいるので、海外挙式はやめ、沖縄《おきなわ》で行うことにした。

新婚旅行も兼ねている。お母さんは海外にふたりで行ってこいと言ってくれたけど、それは少し不安なので、もう少し綾香が大きくなってからにすることにした。海外に行きたくない理由は、ずばり荷物が多くなるから。特におむつ。それに、急病になったときに困るので。

亮平さんはこのまま実家に泊まり、明日一緒に出発するつもりで連休を取ってある。仕事は相変わらず忙しいけど、事務所には優秀な弁護士さんがたくさんいるので、信頼して任せるとのことだ。

昔は自分でなんでもかんでもやらないと気が済まない人だったけど、最近は部下に任せることも多くなってきたと、鳥居さんから聞いた。

『奥さんと結婚してから、人を信じられるようになったみたいです。だいぶ丸くなりましたよ』

なんて言われたときは、うれしいような照れくさいような、こそばゆい気分だった。

「うんうん、そうだったね。助かる助かる」

お母さんが適当に返事をし、空になったカップを持って立ち上がった。

亮平さんはやっぱり、クスクスと楽しそうに笑っていた。

次の日、沖縄に降り立った私たちは、独特の温かく柔らかい空気をお腹いっぱいに吸い込んだ。

「一度は来てみたかったんだよ。うれしいねえ、あーちゃん」

おばあちゃんは皺だらけの顔をニコニコさせた。

おじいちゃんと日本中いろんなところを旅したことがあるおばあちゃんだけど、なぜか沖縄は初めてらしい。

「沖縄、最高！」

同じく初めて沖縄に来た妹ふたりも、テンション爆上がり。

主役の私たちを尻目に、ガイドブックとにらめっこしていた。

「やっぱ沖縄といったら海っしょ」

「だね。あと水族館と買い物ははずせないでしょ」

ふたりは飛行機の旅で疲れた私たちを放って、さっさと遊びに行ってしまった。若いっていいなあ。

その他のメンバーは初日はホテルでゆっくりして、翌日はいよいよ結婚式当日。

綾香はおばあちゃんのおかげで、私たちから離れてもご機嫌で、まったくぐずらなかった。

助かるけど、ちょっと複雑。

「私、おばあちゃんに甘えすぎかなあ」

「別にいいんじゃないか？　おばあちゃんは楽しそうだし」

そうして別々に着替えをして、スタッフさんとチャペルに向かう。

待っていたお父さんと、開かれた扉の中に入った。

ごく近しい身内だけの参列者はみんな、かりゆしウェア――沖縄の花などの模様をしたアロハシャツみたいなもの――を着ていた。あまりの統一感に、ベールの下で吹き出しそうになる。

ちなみに、隣を歩くお父さんもかりゆしウェアだ。

旅先にフォーマルなタキシードや着物を持っていくのは大変なのでレンタル衣装を探した結果、こうなった。

おばあちゃんも綾香も、デイゴの花がプリントされたかりゆしワンピースを着ている。

私の妹ふたりは、昨日のショッピングで調達した沖縄ジュエリーまで身につけ、双子コーデをしていた。

ちなみに、亮平さんのご両親もかりゆしウェアとワンピースだ。ふたりとも、おそろいの柄の服を身につけ、笑っていた。

そうそう。綾香が生まれてすぐ、お義父さんは亮平さんに事務所を譲ることを決定した。

お義父さんもお義母さんも、綾香のことをとてもかわいがってくれる。

それはありがたいのだけど、亮平さんは少しだけ悩んでいた。

このままお義父さんの事務所を譲り受けたら、他の兄弟や正妻、愛人の嫉妬を綾香が一身に背負うことになってしまう。

『綾香が危ない目にあったりしないだろうか』

亮平さんはまだ目も見えない時期の綾香を抱いて、心配していた。

他の兄弟は結婚式にも呼んでいない。そもそも会ったこともない。

いつか会うときが来るとしたら、お義父さんにもしものことがあったときだろう。

そんな人たちに、家族の情があるとは思えない。形は親戚でも、実際は敵のようなものだ。

一番に生まれた女児である綾香が、理不尽な怒りや恨みの対象になることを、亮平さんは恐れた。

自分の事務所もすでにあることだし、お義父さんの事務所は放棄しようかと考え、お義母さんに相談したらしい。

するとお義母さんからお義父さんにそれが筒抜けになってしまった。

『俺がかわいい綾ちゃんに指一本触れさせない！』と言ったお義父さんは、神社で祈祷してきたお札を家に貼りにきて、綾香にお守りを持たせた。

そして、自分が亡くなったときに残った財産は、他の兄弟にも平等に分与するという書面を作った。これで、今のところ身内争いは収まっているように思える。

ずっとこのままというわけにはいかないような気もするし、誰かに恨まれるというのは気分がいいものではない。

だけど私は、亮平さんの背中を後押しすることにした。

結婚する前に話してくれた、彼の理想が頭の中に強く残っていたからだ。

大きな事務所にしかできない仕事がある。

弱い立場の人、傷ついた人たちが、もっと気軽に弁護士を頼れる世の中になるように、彼も私も願っている。

お義父さんの事務所を継ぐことは、その足掛かりになるのではないかと思う。

それを話すと、亮平さんも思い直したようだ。

綾香のことも大切だけど、亮平さんには夢をあきらめてほしくない。

彼はお義父さんの事務所を継ぐ決心を、最近固めた。ならば私は、綾香とこの家庭を守っていこう。

誓いの言葉を言うときも、指輪の交換もするときも、緊張しっぱなしのまま式は終わった。

チャペルから出たあと、綺麗な海辺で記念撮影をすることに。

「めっちゃよかった～。あの平凡なおねえが、美女に見えたよ」

「馬子にも衣装って言うしね」

妹ふたりが好き勝手なことをぺちゃくちゃしゃべりながら移動する。

その間を、綾香がよちよちと歩いていった。

「あ～ん、あーちゃん待ってよ～」

下の妹が追いかける素振りを見せると、綾香はニヤニヤして逃げる。

「マジ天使なんだけど。おねえのくせに、弁護士と結婚して天使を生んじゃってさ。うらやましすぎ！」

上の妹は、そう言ってから下の妹と顔を見合わせて笑った。

「ふたりともかわいいなあ。どう、今度おじさんと食事でも……」

妹たちに気さくに声をかけるお義父さん。

もちろん冗談だろうけど、お義母さんはスナイパーのような鋭い視線でお義父さんをにらみつけた。

お義父さん、なんてことを。こんなところで女好き発揮しちゃダメだよ。今までお義母さんと仲良く寄り添って歩いていたのに。

視線に気づいたお義父さんは、何事もなかったようによちよち歩いている綾香の方に歩み寄った。

「綾ちゃん、おじいちゃんのところにおいで」

お義父さんが綾香を呼び止め、両手を広げてひざまずく。

綾香がよちよちとそちらに向かおうとすると、おばあちゃんがさっと彼女を抱き上げてしまった。

「あーちゃんは大《おお》ばあが一番いいんだもんね～」

綾香争奪戦、勃発。おばあちゃんとお義父さんの間に激しい火花が散っているように見えた。

「あなた、おばあさまには勝てませんよ」

「おばあちゃん、そろそろ記念写真撮るよ。綾香ちゃんは夫婦の間ね。あとでたくさんツーショット撮ってあげるから」

お義母さんとうちの母が双方を諌める。

火花を散らしていたふたりは我に返り、照れたように笑った。

亮平さんが綾香を抱き上げる。私はその横にぴったりと寄り添った。

「ではみなさん、目線はこちらに。とってもいい笑顔でお願いします！」

晴れ渡った空を吸い込んだような青い海。

その前に広がる白い砂浜で、私たちはいっせいに口角を上げた。

「オッケーです！　素晴らしい！」

カメラマンさんは満面の笑みを零した。

「できあがりが楽しみだね」

結婚詐欺に遭ったことは、私の人生で最悪の出来事に違いない。

だけどそれがなかったら、私と亮平さんが出会うことはなかった。

「ああ。一生の記念になる」

見上げた亮平さんは幸せそうに微笑んでいた。

その腕には、もちもちほっぺたの天使が抱かれている。

「亮平、私にも綾香ちゃんを抱かせてくれない？」

控室に戻る途中でそう言ってきたのは、お義母さんだった。

綾香が生まれてからも、お義母さんとの行き来は少ない。

私もなんとなく苦手だったし、自分の実家の方が気楽なので、なにかあるたびに実家ばかり頼ってしまう。

お義母さんも、嫁や孫にどう接していいのか、慎重に距離を測っている様子が垣間見えた。

もしかしたら、嫁や孫と言うより、自分の息子との距離がうまく取れないのかもしれない。

「まあ、目が大きくて本当にかわいいわね。どっちかと言えば亮平に似ているかも」

「そうなんですよ。ということは、お義母さんにも似ていますね」

「ほんと？」

お世辞ではなく、本音だ。

綾香は完全に小さい亮平さんであり、小さいお義母さんだった。

大人になったらお義母さんみたいな美人になるだろう。

「うれしいわ。亮平、あなたいい人をお嫁さんにしたわね」

お義母さんは本当にうれしそうに、綾香を柔らかく抱きしめた。

においを嗅ぐようにふわふわの髪の毛に鼻を寄せると、くすぐったかったのか綾香がきゃっきゃと笑った。

「ええ。環奈は最高の妻です」

亮平さんが言い切ると、お義母さんはにっこりと笑った。

「私、心配してたのよ。亮平は普通の結婚ができないんじゃないかって。私が、結婚に対して暗いイメージを植えつけてしまっただろうから」

この発言には咄嗟に反応できなかった。

黙った私と亮平さんに、お義母さんは柔らかく微笑みかける。

「でも、なんの心配もなかったわね。あなたはあなた、私は私。別の人間だもの」

「当たり前です」

「そうね、当たり前ね。でも感謝しなくちゃいけないわよ。環奈さんに会えたことは、きっと奇跡なんだから」

奇跡だなんて、そんな大げさな。

照れくさくて、笑ってごまかそうとした。その前に、お義母さんが私を真っ直ぐ見て言った。

「ありがとう、環奈さん」

それはどこにでもいる、普通の母親の顔だった。

「いいえ……そんな」

私は胸がいっぱいになった。

亮平さんの話を聞く限りでは、お義母さんは自分のことしか考えていないような性格だと思っていた。

けど、今は亮平さんの結婚を心から喜んでいるように見える。

たとえ子供が女の子でなくても、お義母さんは喜んでくれただろう。

きっと、亮平さんが生まれたときからずっと、彼の幸せを願っていたんだ。

エプロンや下着を送ってきたのも、子供を早く生めという圧力ではなく、夫婦で仲良くしてほしいという心遣いだったのだろう。

ちょっと伝わりにくいけど、ちゃんと愛情を持っている人なのだ。

「俺にも抱っこさせてくれよ～」

お義父さんが後ろからやってきたので、お義母さんは綾香をお義父さんに渡した。

「あうー」

お義父さんに抱っこされると、いつもより視界が高くなるのが面白いのか、綾香は喜んで声を出した。

一同がこのあとのホテルでの食事会に向かう。

私と亮平さんはお色直しのために、みんなと離れて控室に向かった。

「まさか、俺がこんな風になれるとはな」

「はい？」

亮平さんは四角い窓に切り取られた青い海を眺めていた。

「君とならもしかして……と思ったけど、本当に家族になったと思うと、不思議な気分だ」

亮平さんは前野をファミレスで捕まえたあと、出会った頃のことを教えてくれた。

私となら、特殊な家庭の事情で育った自分も、普通の家庭が築けるのではないかと思ったこと。

「異世界転生して無双してる気分ですか？」

「なんだそれは」

だって、普通の家庭のことを別世界の人間のように言うから。

ちょっとたとえを間違えちゃったかな。

「ただひとつ言えるのは、この世界が捨てたものじゃなかったということだ。俺みたいな人間でも、幸せになれた」

私を見つめて、微笑む亮平さん。

ぎゅっと胸が締めつけられる。

彼はずっと、自分が普通の家庭を築くのはムリだろうと思っていたのだ。

別に不自由はなかった。違和感だけがあった。

そう言いながら、幼い彼はどこかで普通の家庭に憧れていたのかもしれない。

少年時代の亮平さんに会えたなら、思い切り抱きしめて言ってあげるのに。

あなたは絶対に、幸せになれるよって。

そしてこれから、困っている人をたくさん助けて、幸せな生活に導くんだ。

「俺みたいな人間だなんて言わないでください。私にとって亮平さんは最高の弁護士で、最高の旦那様です」

笑いかけると、亮平さんも陽だまりのような顔で微笑んだ。

「ありがとう、環奈」

彼は背を屈めて、私にキスをする。

私はそっと、瞼を閉じた。


【完】

番外編　ふたりがいるから

綾香が少し大きくなってきたので、私は仕事に復帰した。

とはいえ、まだ預け先が見つからないので、在宅ワークをさせてもらっている。

前のように、彼にいつか捨てられるかもしれないという不安があるわけではない。

亮平さんは産後もずっと優しいし、家事も育児も協力してくれる。経済的に不満があるわけでもない。

ただ、職場からの強い要望と、子育て中も外の世界と繋がっていたいという私の思いで、復帰を決めた。

在宅ワークにはいいところもある。

まず、通勤をしなくていい。それだけで体の負担は軽くなった。

そして、嫌いな人と同じ空間にいなくていい。これはとても大きい。

どこの職場にも、「どうしてそんな言い方しかできないんだろう」と思うような、おかしな人がいる。

私は産休前、幸いそういう人に絡まれることはなかった。

だが佐倉先輩のメールで、私が休んでいる間の人事異動でそういう変な人が異動してきたり、やる気のない新人に振り回されたりで大変だという話を聞いた。

そういうストレスは、在宅では感じない。

私は昨日リモート会議をしたクライアントのウェブサイトのデザインをこつこつと進めていた。

主な仕事場はリビングだ。ダイニングテーブルにパソコンを置き、作業をしている。少し歩けばキッチンなので、いつでも飲み物を飲むことができる。そのおかげで、しつこかった便秘が解消した。

ひとつ問題があるとすれば、好きな時間に好きなだけ食べ物が食べられるという点だ。

ストックするのをやめればいいのだけど、亮平さんが私のために買ってきてくれたお菓子がいつでもどっさりとある。

断るのも悪いので、自制しながら少しずつ食べることにしている。食べすぎないように、毎回苦労する。

ちなみに亮平さんは今日も、いつも通りの仕事だ。

まだお父さんが健在なため、自分の事務所に通っている。

「ああ〜ん」

部屋の隅にあるマットの上で昼寝をしていた綾香が起きてしまった。

私は慌ててデータを保存し、腰を浮かせた。

「はいはい。おむつかな〜？」

新生児のときよりだいぶ楽になったとはいえ、まだ一歳児は手がかかる。

あの楽しかった沖縄での日々が嘘みたいだ。

おむつを替え、一緒に遊び、離乳食を作り、いらないと投げられ、床を掃除する。

毎日同じ空間で、言葉の通じない相手とふたりきり。

相手は時と場所を考えず、常に自由気まま。私はそれに振り回されて自由がない。

寝てほしいときは絶対に寝ない。眠そうでもいつまでもぐずぐず言って、寝ない。

やっと寝かしつけに成功したと思っても、何度でもお布団から甦ってくる。

結局一緒に寝ないと落ち着かなくて、横になっているうちに寝落ちして、なにもできないまま朝……なんて日もたびたび。

そんなの、赤ちゃんが家にいるんだから当たり前と言われるだろう。

それでも私は言いたい。

どんなにかわいい我が子でも、四六時中一緒だとつらいんだよー!!

ああ、納期に間に合う気がしない。

もう少しだけ、寝ていてくれたら。静かに転がっていてくれたら。

なんて、どうしようもないことを考えてしまう自分が嫌いだ。

おむつを替えても泣き止まないので、少し早いけどおやつを与えることにした。

バナナを持たせたら、ぴたりと泣き止んでもぐもぐ食べ始めた。

仕方がないけど、これでまた、夕食が進まなくなっちゃう。

毎回一時間はかかる離乳食の時間が迫ってくると、胸がモヤモヤしてくる。

「はあ……」

深い深いため息が出た。

案の定、そのあとはお散歩に連れて行けと言わんばかりに、玄関までつたい歩きをし、靴を摑んで遊び始めた。

「気分転換にもなるし、いいか」

すっぴんのまま帽子とマスクだけ装着して、外に出る。

季節はもう秋になっていた。強い風に茶色い枯れ葉が煽られ、ダンスを踊っている。

近所の池の傍を通り、公園へ行く。

公園には幼稚園帰りと思われる園服を着た幼児たちと、その母親がたくさんいた。

横目でちらっと見て、綾香とゆっくり散歩をする。まだ、遊具が使えないのが幸いだ。

遊具に捕まると遊びが長くなって、なかなか帰りたくなくなりそう。

現に今も、「まだ帰らない！」と泣き叫んで母親に抵抗している園児がいる。そこまでして、なぜ遊びたいのか……。

散歩中の犬に近寄っていく綾香を捕まえ、どんぐりを拾っているうちに日が沈んできた。

寒くなってきたので、綾香もごねることなくベビーカーに乗り、優雅に帰った。

「さ、ママはパパのご飯も作らなきゃだからね～」

教育テレビの子供向け番組をつけると、綾香はそれを座って夢中で見始めた。

テレビに子守をさせちゃいけないって言うけど、ご飯を作っている間だけだ。そうしなければ、料理ができない。

買い置きしておいた食料で、手抜き料理を完成させた。今日はスムーズにいったな。

「はい綾香、離乳食ですよ～」

大人の分からとりわけ、ごく薄い味付けアンドだいぶ柔らかくしたものをテーブルに置き、赤ちゃん用の椅子に座らせた。その下には新聞紙を敷いてある。

テレビを途中で消され、綾香は「むーっ」と怒っていた。

「食べるときはご飯を見ようね。テレビないないだよー」

首にビニールの食事エプロンを巻き、スプーンを握らせる。と、一瞬で放り投げられた。

「ははん、今日もストライキですね。いいんですか？　かぼちゃですよ？　甘くておいしいよ？」

これくらいでへこたれてはいけない。冷静にスプーンを拾い、洗ってから隣の席に座った。

かぼちゃをすくって、綾香の口に向ける。綾香はぷいとそっぽを向いてしまった。

「じゃあ、おにぎりはどう？」

綾香が摑んで食べられるようにした小さなおにぎりは、無残に握り潰され、粘土のように遊ばれて終わった。

「あーあ……」

食べる気なし。やっぱりバナナがダメだったかな。

でもそのあと、しっかり外で遊んだじゃない。お腹は空いているはずなんだけどな。

そんなに私のご飯、拒否しなくていいのに……。

どんなに頑張っても報われない。

誰かに褒められ、報酬も得られる仕事の方がどれだけましか。しかもその仕事、全然進まない。

ついにすべての食材をお皿の上で捏ねだした綾香を見ていたら、涙が零れた。

「ただいま」

背後で声がして、ハッと振り向く。亮平さんが帰ってきた。全然気づかなかった。

「綾香、食べないなら片付けるからな」

亮平さんは綾香の前のお皿をすっと取り上げ、キッチンへ持っていく。

「あー！」

おもちゃを取られたとでも思うのだろうか。綾香は大声で不満をあらわにした。

「いくら綾香でも、ママを泣かせたらパパは許さないよ」

亮平さんは綾香を抱き上げた。その目は真っ直ぐに綾香を見ている。

しまった。泣いているのを見られた。私は慌てて目元を拭う。

「ごめんなさい、大丈夫です。ご飯をあげてて」

赤ちゃんになにを言っても通じない。叱っても、「怖い」という感情だけが残って、理解はできない。

咄嗟に綾香を庇おうとした私を見て、亮平さんはうなずいた。

「わかっている。綾香、せんべいでも食べて今日は終わりにしような」

「せ、せんべいって」

「米だからいいだろ。一日くらい楽したって死にはしないさ。毎日君が頑張ってくれているおかげで、彼女は健康だから。こっちは俺が食べるよ」

亮平さんはお菓子のストックから赤ちゃん用のソフトせんべいを出してきて、座らせた綾香に与えた。

綾香はぽりぽりとそれを食べた。

「はい、夕食終わり。じゃあ綾香、パパとママのご飯が済んだら、パパとばあばの家に行こうか」

「えっ？　こんなに暗くなってから？」

亮平さんが一緒なら、危険はないだろうけど。

「環奈、だいぶ疲れているだろ」

綾香を抱いて、亮平さんはこちらに微笑みかけた。

「明日は休みだから、綾香を連れて、母の家に行って泊まってくるよ」

「大丈夫なの？」

「そうすると必ず父もやってくるから、母は喜ぶだろうな」

義両親の綾香に対する溺愛ぶりは日に日に増していく。預けるのに不安はない。

「でも……」

帰ってきたばかりの亮平さんに、そんなに気を使わせてしまうなんて。

「私、妻としても親としても未熟だなあ」

ぼそっと零すと、亮平さんは苦笑した。

「そんなことない。泣くまで頑張ってくれているんだ。君はいい妻だし、いい母だよ」

「本当？」

でも、世間のママは、ちゃんとお化粧をして、三食自炊をして、仕事もしている。私だけが上手にできていないような気がするのだ。

そう話すと、亮平さんは声を上げて笑った。

「そうできる人もいるし、できない人もいる。子供の個性にもよるだろうし、外に見せる顔だけ繕っている人もいる。環奈は環奈でいいじゃないか」

「そうですか？」

「俺は、すっぴんで頑張っている環奈も大好きだよ」

亮平さんに肯定されるたび、心が軽くなっていく。さっきまで疲れ切って感情をなくしかけていたことも忘れそうだ。

「あーうー」

ふたりの世界に入っててんじゃないわよと言わんばかりに、綾香が亮平さんの頬をぺちぺちと触る。

「いいよ、わざわざ出かけなくても。その代わり、お風呂と寝かしつけをお願いしてもいい？」

亮平さんだって仕事から帰ってきたばかりなのに、今から綾香のお泊まり準備をしてお義母さんのところに行くなんて、大変だ。

車で寝ちゃった綾香をお義母さんのところでもう一度寝かせられる気がしない。

そして一度リズムが崩れると、元に戻すのに時間がかかるのだ。

「それで環奈がいいなら」

「うん、大丈夫」

うなずいた亮平さんは食事を済ませると、食洗器のスイッチを入れ、綾香をお風呂に連れて行ってくれた。

そのあとでゆっくりとひとりでお風呂に入らせてもらった。

静かな空間で、誰にも邪魔されずにリラックスできる時間って、こんなに尊いものだっけ……。

ゆっくり体を温めたら、ささくれだった心がだいぶ落ち着いていた。

ちょっとだけ仕事をしてから寝ようかな。

綾香が無事に寝たか確認するため、寝室をのぞき見ると、ベッドの上で亮平さんと綾香が同じ格好をしてぐっすり寝ていた。

やっぱり、亮平さんも疲れていたのね。

微笑ましい光景を目に焼きつけ、音を立てないように慎重にドアを閉めた。

毎日疲れるけど、ふたりのおかげで私は幸せだ。

私はパソコンに向かい、仕事を始めた。

明日は亮平さんが休みだから、みんなで公園にでも行こう。

今頑張れば、明日はきっと楽になる。つらい日がずっと続くわけじゃない。

綾香が大きくなったら、たまには夫婦ふたりきりでデートでもしようね。

仕事を終えた私は、そっと亮平さんの背中に寄り添って眠った。


【完】

あとがき

このたびは本作品をお手に取っていただき、ありがとうございます。真彩《まあや》-mahya-です。

今回は契約結婚のお話です。偽装結婚は書いたことがありますが、契約結婚は今回が初めてでした。

そして、弁護士のヒーローも初めてです。今回はヒロインが普通のOLだったため、高須の仕事の描写をほとんど書く機会がありませんでした。

本当は高須がかっこよく弁舌を振るうシーンを書きたかったりしたのですが、環奈の目線から見た物語では、叶いませんでした。

作者は事件を解決する系の物語が大好きです。刑事とか、探偵とか、弁護士とか。

しかし小説で込み入った事件を解決しようとすると、恋愛色が薄くなるという欠点があり、今のところできていません。(単に力不足なのかもしれませんが。)

事件のハラハラより、恋愛のドキドキを感じていただけるように頑張ったので、楽しんでいただければ幸いです。